がんばろう

柏木家の人々

岡部耕大
Kodai Okabe

而立書房

がんばろう
——柏木家の人々——

登場人物

桜井　静子　40歳
柏木巌太郎　40歳
柏木　瑞穂　28歳
柏木　　巌　62歳
柏木　トメ　60歳
柏木巌次郎　30歳
柏木　律子　16歳
上杉　忠治　45歳
荒木　　栄　35歳
黒田　　純　30歳
下野　健作　22歳
桜井　和彦　17歳
働かずの吾一　30歳
死ぬまで寝太郎　45歳

プロローグ

「燃やせ闘魂」のメロディーが流れ始める。白いワイシャツをたくしあげて、荒木栄が指揮をしている。闇に蝋燭が燈った。林檎箱を机にして、手紙を書いている寝間着姿の律子が浮かぶ。壁には「不知火女子高校」の制服が掛かっている。

律子　（手紙を読んで）幸ちゃん。「幸子の幸は幸せの幸たい。夕張には幸せのあるとたい」と笑って夕張へ引っ越していった幸子さん。写真ありがとう。幸せそうでよかった。夕張の映画館も大牟田の映画館にそっくりなんですね。笑ってしまいました。裕次郎や小林旭の看板までがそっくりなので笑ってしまいました。幸ちゃん、昭和三十四年の年の瀬も、ついに押し詰まってしまいました。幸ちゃん、十二月八日には、とうとう退職勧告状返上決起大会があったのよ。十二月八日、ほらっ、太平洋戦争開戦の日よ。山の上クラブでは夜通し篝火が燃やされて、三万人の人の群れがクラブ前広場を埋め尽くしたのよ。（快活に）昭和三十四年十二月八日。幸ちゃん、その日が瑞穂姉ちゃんが荒木栄に恋をした日です。

満天の星の下に瑞穂がいる。瑞穂、おもちゃの赤いピアノを弾く。「星よおまえは」。

律子　幸ちゃん、瑞穂姉ちゃんも人の群れの中にいました。瑞穂姉ちゃんも群衆の中のひとつの顔でした。瑞穂姉ちゃんの顔は炎で真っ赤に燃えていました。幸ちゃん、瑞穂姉ちゃんは真っ赤な頬をして家に戻って来たの。怒った巌次郎兄ちゃんは「ショートカットばしとる髪形の女ごは共産党ぞ」と瑞穂姉ちゃんば叱《おご》って叱《おご》りとばしたとよ。ばってん、瑞穂姉ちゃんは意固地な女ごになっとった。恋した女は意固地になる。家が寝静まると、瑞穂姉ちゃんはうちにピアノば弾かせて、歌って踊ったとよ。ほらっ、幸ちゃんが大牟田ば離るる記念にうちにくれたおもちゃの赤《あ》っかピアノたい。「星よおまえは」。瑞穂姉ちゃんはのびやかに歌って踊ったとよ。あのお淑やかな瑞穂姉ちゃんがよ。

瑞穂　（弾んで、踊りながら）「星よおまえは」。荒木栄が「うたごえ結婚」ばして東京に移ることになった女の人に、励ましと暖かい気持ちば込めて作詞作曲ばさしたとがこの歌よ。「星よおまえは」。荒木栄は、好きだった女の人ば、この歌を歌って結婚式の式場から送らしたとよ。よかよねえ。

満天の星の下、瑞穂が「星よおまえは」を歌い踊る。

律子　幸ちゃん、ビッグニュースのあるとよ。昨夜《ゆんべ》、巌太郎兄ちゃんの大牟田に戻って来《こ》らしたとよ。一人で戻って来らしたとよ。怒った巌次郎兄ちゃんは「親と土地ば捨てた人間が」と巌太郎兄ちゃんば叱《おご》って叱《おご》りとばしたとよ。巌太郎兄ちゃん、離婚ばしたらしか。だらしなかけん、奥さんにも逃げられたとたい。幸ちゃん、我が家はてんやわんやです。

どてらの巌太郎が、律子の傍に「だっこちゃん人形」を持って立っている。

巌太郎　律子、なんばしよる。

律子　えっ。

巌太郎　（人差し指で口を押さえて）しっ。なんばしよっと。

律子　（手紙を押さえて）なんでんなか。

巌太郎　おまえ、おりの土産ばなし粗末にするとか。

律子　うち、だっこちゃん人形のごたる土産で喜ぶ歳でもなか。

巌太郎　……。うむ。

律子　なあ、巌太郎兄ちゃん。

巌太郎　ん。

律子　玩具《おもちゃ》の部品工場は潰れたっね。

巌太郎　ああ。下請けはすぐに潰さるる。わしの会社は孫請けやったけん。潰されたっちゃしょんなかと。

律子　親会社にも逃げられたっね。

巌太郎　ああ、諦むるしかなかったい。だっこちゃん人形にやられたったい。

律子　……。

巌太郎　なあ。
律子　なんね。
巌太郎　静子さんは達者に暮らしよらすとか。
律子　……。未練ったらしかねえ。
巌太郎　おれ、親と土地から逃げたっじゃなか。静子さんから逃げたったい。
律子　……。

満天の星の下、瑞穂が「星よおまえは」を歌い踊る。

律子　幸ちゃん、人には心躍らせて生きとる人と、心諦めさせて生きとる人のおるごたる。幸ちゃん、大牟田の人はだれもが心を躍らせてぎりぎりいっぱいで生きています。ロックアウト、サボタージュ、ストライキ、オルグ、カンパ、ピケ、バリケード、ドキュメント。幸ちゃん、大牟田はコンクリートのような言葉で溢れています。幸ちゃん、大牟田はぎりぎりいっぱいに生きている人が、ぎりぎりいっぱいに心躍らせて燃えて生きている寒い冬です。

荒木栄が、激しく踊るように「燃やせ闘魂」の指揮棒を振っている。

第一幕

第一場

昭和三十四（一九五九）年十二月十一日。昼下がり。福岡県大牟田市郊外。柏木家。「柏木巌」の表札が掛かっている、簡素な平屋の和風家屋。

庭越しに、玄関から続く六畳の茶の間がある。茶の間には、古びた朱塗りの茶箪笥と卓袱台があり、火鉢がふたつある。火鉢のひとつは木造りのがっしりとした引き出しつきの長火鉢である。硝子戸は切り紙で補修してある。廊下には、机代わりの林檎箱があり、教科書の束と、蝋燭が立っている皿と、おもちゃの赤いピアノが並んでいる。壁には、「日活映画」の石原裕次郎や吉永小百合のポスターや雑誌のグラビアの切り抜きが貼ってある。茶の間には、昭和天皇と皇后の写真が掲げられている。破れ障子にも丁寧に補修がしてある。障子戸の奥が台所である。庭では、下駄履きの巌太郎が剪定鋏で植木の手入れをしている。

柏木家の周辺は、土管が積んである原っぱの空き地である。遠くに大牟田川の土手がある。土手の遠くには「社宅」と呼ばれる棟割り長屋の屋根が並んでいる。さらに遠くには、赤煉瓦の巨大な煙突とコンクリートの石炭搬出施設（ホッパー）がある。空からは、セスナ機とヘリコプターが旋回する音がしている。

遠く、「不当首切り粉砕」「奴隷労働への復活を許すな」の声とざわめき。

原っぱの空き地には、屋台の「惣菜屋」がある。『惣菜屋・静子の店』である。「惣菜屋」の横には籠を取り付けた自転車が置いてある。「惣菜屋」では、モンペ姿でエプロンをした桜井静子が仕込みの真っ最中である。屋台には「小アジ・イワシ・はぜ・イカ・山菜のフライ、どれでもオール五円均一」

「酒・焼酎・アルコールの飲食お断り」と筆で書いてある。屋台の前には林檎箱が積んである。板塀には『大牟田東映』の時代劇のポスターと組合のスローガンが仲良く貼ってある。スローガンの中には「去るも地獄、残るも地獄」もある。屋台のトランジスターラジオからは、水原弘の「黒い花びら」が流れている……。

遠く、赤煉瓦の巨大な煙突の方からの声は「燃やせ闘魂」の合唱となっている。

静子　（トランジスターラジオを切って）この大牟田では、水原弘の「黒い花びら」も「燃やせ闘魂」にはかなわんか。

巌太郎　（意を決して、垣根越しに）なあ、ブンブンブンブン喧しか。

静子　はい。どうせ会社側が福岡の雁の巣飛行場でチャーターしたセスナ機とヘリコプタージャろ。

巌太郎　……。達者で暮らしよったっな。

静子　はい、その日暮らしの惣菜屋でどうにか達者に暮らしよる。

巌太郎　あんたなら、その気になれば仕事はなんでんあっじゃろが。

静子　うち、水商売は好かんとたい。息子も嫌がるけん、惣菜屋でよかとたい。

巌太郎　……。息子がなあ。

静子　うち、恋愛沙汰と刃傷沙汰には辟易しとると。

巌太郎　……。

静子　あんた、植木の手入ればしよる姿はお父さんにそっくりたい。

巌太郎　正月も近かけん、植木の手入れぐらいはしとかんと。
静子　いまの大牟田には、盆も正月もなかっじゃけん。
巌太郎　……。
静子　去るも地獄、残るも地獄じゃけん。

旋回しているセスナ機とヘリコプターの音……。
硝子戸が開いて、割烹着姿の柏木トメが縁側から空を睨む。

トメ　また、飛行機から退職勧告状のビラば配るつもりじゃろ。

トメ、箒を取ると下駄を突っ掛けて庭へ出る。

トメ　（箒で飛行機を撃つ真似をして）バンっ、バンっ、バンっ。
巌太郎　おふくろ、なんばしよっと。
トメ　飛行機ば撃ち落としよっと。
巌太郎　なんち。
トメ　炭住街で撒いたり配ったりすると、すぐに組合の警備員に回収さるるもんじゃけん、窮余の一策で飛行機から退職勧告状ばばら撒きよるとたい。

巌太郎 （慌てて）やめんか。惚けとっとば世間に晒すごたるもんじゃろが。
トメ ばってん、給料遅払いにボーナスは夏の手当ても冬の手当てもゼロじゃけん。
巌太郎 （家の中へ）親父、親父。

硝子戸奥から、どてらに襷を掛けた柏木巌が、握り飯を握りながら顔を覗かせる。

巌 なんか、騒々しか。
巌太郎 おふくろが戦争ごっこばしよっとぞ。
巌 ああ、いつものこったい。やるだけやらせとけばよか。
巌太郎 親父は、とっくに定年退職しとろうが。給料遅払いもボーナスゼロ回答も関係なかったい。
トメ あんた、組合は首切り攻撃に対して時限ストで対抗しよるとですよ。
巌 わかっとる。
トメ いよいよ、会社側が指名解雇の強行措置ばとるとはわかっとるとじゃけん。
巌太郎 おふくろには関係なかろうが。
トメ あると。うちは炭婦協ば結成するとじゃけん。
巌太郎 炭婦協。
巌 ほりゃ、三池炭鉱主婦会ば炭婦協っていよったろうが。
トメ ああ、その炭婦協ば結成するとたい。

巌　そいで、薄化粧に口紅ばしてパーマネントまでしとるとか。
トメ　女ごの身だしなみやろが。
巌　年甲斐もなか。
トメ　女心に定年退職はなかっじゃけん。女ごは死ぬまで女ごじゃけん。
巌太郎　おふくろ、三池炭鉱主婦会はとっくにあっとばい。
トメ　知っとる。忘れもせんたい。炭婦協は、昭和二十八年七月二十日に結成されとる。
巌太郎　よう覚えとるたい。
トメ　忘るるはずのなか、おまえが親と土地ば捨てた年じゃけん。
巌太郎　あっ。
トメ　おまえは堪え性のなか人間たい。堪え性のなか人間の、東京で一旗揚げらるるはずのなか。
巌太郎　東京には、騙す人間と騙さるる人間のおっとやけん。
トメ　騙す人間と騙さるる人間のおるとは東京だけじゃなか。騙す人間も悪かばってん、騙さるる人間も悪かったい。そいに。
巌太郎　なんか。
トメ　おまえの東京は、東京都じゃなかろうが。
巌太郎　えっ。
トメ　埼玉県西川口の東京じゃろが。
静子　（笑って）トメおばさんの言葉には遠慮のなかねえ。

トメ　はい。遠慮して生きてきたけん、もう遠慮せんことに決めたとたい。
巌　困っとるとですたい。
トメ　あんた。
巌　あっ、こっちにお鉢の回ってきよる。
トメ　あんた、あんたはうちが炭婦協に関わるとば反対したじゃろが。
巌　ああ、またか。
トメ　あんたは、うちが外に出歩くとば嫌ろとったけんな。
巌太郎　ばってん、外ば出歩きたがる女ごは浮気性の女ごじゃろが。
トメ　亭主がしっかりしとらん女ごが浮気ばすっとたい。亭主ば見限って逃ぐっとたい。甲斐性なしの亭主ほど嫉妬したがっとじゃけん。
巌太郎　……。
トメ　あんた、男の嫉妬はみっともなかとよ。
巌　わかっとる。
トメ　ああ、お陰でうちは一人取り残されっしもた。ああ、お陰でうちはあんたに飼い殺しにされてしもた。うち、うち一人ででも炭婦協の応援隊ば結成するとじゃけん。
巌太郎　へえ、炭婦協の応援隊ば結成してなんばするとか。
トメ　まず、握り飯の差し入ればするったい。
巌太郎　へえ、握り飯はピチピチしとる主婦の握った握り飯が旨かとばってん。

トメ　ふんっ、テクニックでは負けんとたい。
巌太郎　炭婦協のおばちゃんは自転車部隊ぞ。大牟田の上り坂ば、自転車で一気に駆け上がる若さと馬力のいっとばい。
トメ　ふんっ。
巌　なあ。巌次郎に会社の人のよか縁談ば持って来とる。巌次郎ならすぐにまとまる縁談じゃけん。
トメ　巌次郎は従順かだけの性格たい。あんたにそっくりの性格たい。
巌　……。瑞穂も、家に戻って来る時間の遅そなりよるごたる。
トメ　うたごえ運動たい。瑞穂には好いたことばさすっとやけん。
巌　瑞穂は、荒木さんの家の栄さんにかぶれとっとじゃなっか。
トメ　栄さんはよか人やけん。
巌　よか人はよか人やろばってん、妻子のおらすとじゃろが。
トメ　好きならば好きにすればよかったい。
巌　おまえ、そぎゃん理屈ば。瑞穂にも、縁談のあるとじゃけん。
トメ　ああ。うちもうたごえ運動ばしたかった。
巌　おまえ、もしかして組合の人に好いた人のおったっじゃなっか。
トメ　さあ。

コートにボストンバッグを持った上杉忠治が、歩いて来る。

トメ　寒かっ。さっ、家に戻りまっしょ。
巌　わしは、まだ釈然とはしとらんとぞ。
トメ　はい。釈然とせんとが人生たい。

巌とトメ、家へ戻ろうとする。旋回するセスナ機とヘリコプターの音……。

トメ　（箒を構えて、空へ撃つ）バンっ、バンっ、バンっ。
静子　（指で拳銃を作って空を撃つ）パンっ、パンっ、パンっ。
トメ　ありゃ、静子さん。こげな日にも商いはしなさるとですな。
静子　（指をふっと吹いて）はい。釈然とせんとが人生ですけん。
トメ　そうたい。頑張らんばたい。

巌とトメ、硝子戸の奥へ引っ込む。
静子、トランジスターラジオを捻る。水原弘の「黒い花びら」が流れる……。

巌太郎　親父はおとなしか男じゃけん、人のよかだけが取り柄たい。
静子　あんたにそっくりたい。

巌太郎　……。

巌太郎、剪定鋏で植木の手入れである。

静子　流行歌は「黒い花びら」だけでもなかじゃろが。
忠治　ほんに空襲のごたる。
静子　えっ。
忠治　（笑って）飛行機の、戦闘機のごとブンブン低空飛行ばして、空襲のごたる。
巌太郎　（忠治を睨んで）……。
静子　（忠治を睨んで）……。だいね、あんた。
忠治　ばってん、「黒い花びら」はレコード大賞の最有力候補じゃろが。
静子　……。レコード大賞。
忠治　（微笑んで）ああ、レコード大賞。今年から制定されたとたい。
静子　へえ。
忠治　寒かなあ。年の瀬は寒さの身に染みる。黒いジェット機、黒い羽根募金、黒い花びら。今年は黒がブームじゃった。
静子　（トランジスターラジオを切って）あんた、この土地の人じゃなかごたるな。
忠治　なしてな。

静子　この土地の人は顔見知りばっかりじゃけん。なんばするにも遠慮する土地柄じゃけん。
忠治　へえ。悪さするとにも遠慮する土地柄か。
静子　はい。女ごばくどくとにも遠慮する土地柄たい。
忠治　けっ。恋愛と戦争には遠慮はいらんとたい。
静子　柄の悪かとも土地柄ばってんな。（しげしげと見て）あんた、オルグさんね。
忠治　オルグさん。
静子　そう、オルグさん。
忠治　わし、外国人じゃなか。
静子　（笑って）ほんに、あんたはオルグさんのタイプじゃなかごたる。
忠治　（林檎箱に座って）オール五円均一とは安かじゃなかかな。
静子　あんた、警察の人ね。
忠治　えっ。
静子　あんた、刑事じゃろ。
巌太郎　……。
忠治　違う。間違えられるばってん、違う。
静子　あっ、その筋の人ね。
忠治　えっ。
静子　あんた、組関係のその筋の人じゃろ。

忠治　違う。間違えられるばってん、違う。
静子　ふうん。警察の人でもなか、組関係の人でもなかか。ばってん、堅気じゃなかじゃろが、あんた。
忠治　わしは野球一筋の男じゃけん。
静子　野球。
忠治　わしは西鉄ライオンズのスカウトマンたい。
静子　スカウトマン。
忠治　ああ。
静子　西鉄ライオンズの。
忠治　ああ。
静子　あんた、西鉄ライオンズの山椒太夫な。
忠治　山椒太夫。
静子　人買いじゃろもん。人入れ稼業じゃろもん。山椒太夫じゃろもん。
忠治　(笑って)わしは西鉄ライオンズの山椒太夫か。なあ。この擂り身のフライも五円な。
静子　この土地は岩戸景気からは程遠か土地じゃけん。なんでも五円たい。
忠治　旨かごたるなあ。ジュウジュウいよる。
静子　有明海で捕れたばかりの鰯の擂り身たい。揚げ立てじゃけん。
忠治　ああ、腹の減った。昼過ぎの西鉄電車で大牟田駅に着いたとたい。擂り身とアジとイカとハゼのフライばいっちょずつおくれんな。

静子　あいよ。（フライを新聞紙に包みながら）大牟田駅は大賑わいやろが。

忠治　ああ、大型トラックとおびただしいプラカードで溢れとった。ブラスバンドで労働歌ば吹奏しながらジグザグにデモばしよる。空にはセスナ機とヘリコプターの低空飛行じゃけん、西鉄ライオンズの優勝パレードのごたる。

静子　（笑って）西鉄ライオンズの応援団は、笛と太鼓の「炭坑節」じゃもんな。

忠治　柄の悪かとも土地柄じゃろが。玄界灘に紳士面は似合わんじゃろが。

静子　なっ、西鉄ライオンズの派閥抗争は暴力団よりも凄かっちは、ほんなこっね。

忠治　そうかもしれんたい。

静子　なっ、西鉄ライオンズの選手が「博多どんたく」のごと喧しかとは、粗末な平和台球場のトタン屋根の熱のせいっちは、ほんなこつね。

忠治　そうかもしれんたい。

静子　なっ、西鉄ライオンズの野球にサインはなかっじゃろ。

忠治　（笑って）野武士軍団の伝説たい。ばってん、獅子の時代も遠うなってしもた。

静子　なあ、去年は奇跡の四連勝ば成し遂げたとに。巨人軍の長島茂雄は颯爽とデビューしたもんなあ。長島はバネのごたる華麗なフィルディングばしとる。

忠治　華麗。ふんっ、大袈裟かだけじゃろが。あんた、野球に詳しかごたるな。

静子　ああ、月賦のテレビたい。

忠治　月賦のテレビ。
静子　皇太子とミッチーのご成婚パレードのテレビ中継は、だれでも観たかろうが。
忠治　冷蔵庫も洗濯機も月賦じゃろ。
静子　あれっ、なして知っとると。
忠治　日本人は贅沢ば競い始めよるとよ。贅沢は更なる贅沢ば欲しがるとじゃけん。贅沢に際限はなかとじゃけん。贅沢ば競い合う競争は人ば人でなしにするとじゃけん。
静子　あんた。
忠治　ん。
静子　うち、あんたの奥さんじゃなかとよ。
忠治　ふんっ。逃げた女房に未練はなか。
静子　……。そう。
忠治　なっ。
静子　なん。
忠治　ここには酒は置いとらんとな。
静子　置いとらん。うちは惣菜屋じゃけん。
忠治　惣菜屋だけでは儲けにもならんじゃろが。
静子　よかと。うち、酒と博打と喧嘩は好かんとやけん。
忠治　……。

静子　亭主の死んだ原因がそれやけん。
忠治　亭主が死んだ。
静子　ええ。
巌太郎　亭主が死んだ。なして、そいばだいも教えてくれんとか。
忠治　あんた、未亡人な。
静子　ええ、まあ。
巌太郎　未亡人。
忠治　なあ。
静子　えっ。
忠治　亭主は組関係のその筋の人じゃったとな。
静子　その筋の人じゃなか。ばってん、その筋の人に近かった人じゃった。
忠治　はあ。
静子　酒と女と博打と喧嘩が好きな男じゃった。
忠治　はあ。
静子　都市対抗野球大会で大牟田から全国大会までいった男たい。
忠治　はあ。
静子　大牟田の炭鉱の野球部のエースじゃった男たい。
巌太郎　（剪定鋏で植木の枝を切って）畜生っ。

忠治　あんた、マウンド姿に惚れたとじゃろ。

静子　ああ。マウンドでは格好のよか人じゃった。ばってん、普段はええ格好しいのだらしなか人じゃった。だらしなかけん、落盤事故で死んだとたい。

忠治　はあ。

巌太郎　……。

静子　……。あんたも、酒と女と博打と喧嘩でしくじったとじゃなかっじゃろな。

忠治　酒と女と博打と喧嘩ば好かん人間は、西鉄ライオンズにはおらんとじゃけん。

静子　そう。

忠治　（ボストンバッグを開けながら）岩戸景気にミッチーブームに「黒い花びら」か。

　遠く、赤煉瓦の巨大な煙突の方からの唄声は「民族独立行動隊の歌」になっている。空から、セスナ機とヘリコプターが旋回する音……。

忠治　なっ、今年の二月に、自民党の池田勇人が関西の財界人との懇談会で所得倍増論ば語ったじゃろが。

静子　さあ、うち政治は好かんけん。

忠治　うむ、そいがよか。（トリスの大瓶を取り出して）政治ば好いとる女ごは喧しかもんたい。ばってん、あれから日本はざわつきよるとよ。黒い失業地帯か。炭鉱離職者は九州だけでも三万二千人に達しとるっていうじゃなかかな。（歌って）僕の恋人東京へいっちっち。ほんなこて、なして東京がそぎゃんによかとじゃろか。

静子　東京には東京タワーのあるとやけん。

巌太郎　東京タワーか。ばってん、東京タワーは墓地ば潰して建てとっとじゃけん、いずれは祟りのあるとじゃろ。

静子　東京には小林旭もおるとじゃけん。

巌太郎　ああ、小林旭の声は東京タワーのてっぺんから聞こえて来る声たい。

原っぱの空き地を、鍋に釜に蝙蝠傘と所帯道具一式を背負った、通称「死ぬまで寝太郎」がとぼとぼと歩いて来る。

忠治　（コートをはたいて）ああ、もう。せっかくのトレンチコートの黒か砂塵で埃まみれになってしもた。

静子　あんた、なにしに大牟田においでたと。

忠治　スカウトたい。人入れ稼業の山椒太夫たい。

静子　えっ。

忠治　三池工業高校に、よか投手のおるとじゃろが。

静子　三池工業。ああ、あすこは監督のよかけん。

忠治　監督。原貢監督か。
静子　あれっ、知っとるとね。
忠治　うむ、知らん仲でもなか。
静子　あの監督はよかよ。
忠治　へえ、あんたにそいがわかるとか。
静子　わかる。死んだ亭主にそっくりの面ばしとる。あの監督はよかよ、強なるですたい。
忠治　その三池工業高校のエースば先物買いに来たとたい。
静子　あなた買います、か。
忠治　ああ、長島と巨人軍の契約から契約金は吊り上がりっぱなしじゃけん。
静子　ピッチャーなら、うちにも一人おるとばってん。
忠治　えっ。
静子　三池商業高校の二年生。控えの投手たい。
忠治　三池商の控えの投手。
静子　はい、練習ばさぼってカミナリ族の真似事ばっかりしよる控えの投手たい。
忠治　えっ。
静子　うちの一人息子たい。
忠治　一人息子。
静子　根性なしじゃけん。

巌太郎　……。

「不知火女子高校」の制服に鞄を下げ、新聞紙の包みを持った律子が走って来る。

律子　（荒い息をして）おばちゃん。
静子　あれっ、律子ちゃん、もう戻ったっね。
律子　うん。なっ、おばちゃん、和彦ちゃんのグループの、オートバイで街ば練り歩きよるよ。街はデモ隊でいっぱいやけん、危なかよ。
忠治　ほう、大牟田のカミナリ族か。
律子　和彦ちゃん、不良にならすとじゃなかやろか。
静子　根性なしやけん。不良になる根性もなかとたい。あんた、演劇部のクラブ活動はどげんしたとね。
律子　今日は物騒かけん、クラブ活動も中止たい。
静子　そう。
律子　ばってん、中止でよかったばい。
静子　なして。
律子　「せんぷりせんじが笑った」。うち、あの創作劇好きじゃなか。顧問の先生は趣味の悪かっじゃけん。

静子　ばってん、県大会で一等賞になったっじゃろが。
律子　審査員の先生も趣味の悪かったたい。
静子　せっかくやけん、全国大会で優勝ばして、この土地ば賑わせてくれんね。この土地、明るかニュースのなかとじゃけん。
律子　錆びれよるもんなあ。
静子　あんた、親友の幸子ちゃんが夕張に引っ越して寂しかとじゃろ。
律子　しょんなか、離るるとが人間やけん。おばちゃん、フライの余ったらおまけばして。
静子　はいはい。なっ、瑞穂ちゃんには縁談のあるらしかやなかね。
律子　うん、会社の偉か人の一人息子たい。姉は別嬪けん。魚市のさんまの安かったけん、儲けたばい。さっ、七輪でコークスば起こさんば。

律子、玄関から家へ入ろうとする。

忠治　ほう、健気なもんじゃ。
静子　健気な女ごが大胆な女ごになるとたい。
律子　あっ、巌太郎兄ちゃん、ただいま。
巌太郎　ああ。おかえり。
律子　一日退屈じゃったやろ。あっ、巌次郎兄ちゃんな。

巌太郎　ああ、まだ戻っとらんごたる。巌次郎が恋愛か。
律子　瑞穂姉ちゃんな。
巌太郎　ああ、まだ戻っとらんごたる。瑞穂にはお見合いか。
律子　それぞれに忙しかけんなあ。なあ、巌太郎兄ちゃん。
巌太郎　ん。
律子　いまの大牟田で退屈しとるとは、巌太郎兄ちゃんだけやろな。

律子、玄関から家へ入る。

巌太郎　……。きつかなあ。
寝太郎　なあ。
静子　はい。
寝太郎　大牟田の三池の鐘山炭鉱には、どげんすれば辿り着くとじゃろか。
静子　はあ。
寝太郎　伝《つて》ば頼って、鐘山炭鉱の共同風呂の釜炊きに雇われたとです。筑豊から大牟田まで、八木山峠と犬鳴峠ば山越えしてやっと辿り着いたとです。
静子　筑豊から大牟田まで。地獄の七曲がりていわれとる八木山峠と犬鳴峠ば山越えしたとな。
寝太郎　はい。三日三晩、歩き詰めに歩き詰めで山越えばして、やっと大牟田まで辿り着いたとです。

静子　あんた、一人でな。
寝太郎　はい。逃げた女房に未練はなか。
忠治　（トリスの大瓶を瓶ごと飲んでいたが、吹き出す）ぶっ。
静子　へえ。
寝太郎　はい。未練はあるばってん未練はなか。養いきらんとじゃけん、しょんなかですたい。
静子　（指を差して）鐘山炭鉱はすぐそこばってん。あんた、筑豊のどこからおいでらしたっですか。
寝太郎　さあ。地図にもなかごたる土地じゃけん。
静子　あんた、お名前は。
寝太郎　さあ。戸籍の名前は忘れたですたい。
静子　忘れた。
寝太郎　はい、忘れたですたい。筑豊では、死ぬまで寝太郎と呼ばれよったとです。
静子　死ぬまで寝太郎。
寝太郎　はい。三年寝太郎のつもりじゃったとばってん、とうと死ぬまで寝太郎になってしもた。
忠治　筑豊はひどかごたるもんなあ。
寝太郎　はい。遠賀川は啜り泣きよるですたい。風も啜り泣きよるですたい。
忠治　ほう、なかなかの詩人じゃなかな。
寝太郎　大牟田はよか。海の光輝いとる、よか。
忠治　小林旭も筑豊の死ぬまで寝太郎も、流浪の民はなかなかの詩人じゃなかな。

静子　有明海は潮の満干きの激しか海じゃけん。ばってん、有明海の干潟の底にまで炭鉱の坑道は延びとるとよ。
寝太郎　あれっ。
忠治　ん。
寝太郎　あんた、西鉄ライオンズの上杉忠治じゃなかかな。
忠治　（フライに醤油を掛けて頬ばっていたが）ん。
寝太郎　西鉄ライオンズの上杉忠治たい。そうじゃろ。
巌太郎　上杉忠治。
忠治　うむ。戸籍では忠治と書いてタダハルと読む。
寝太郎　やっぱり、喧嘩の忠治たい。
静子　喧嘩の忠治。
寝太郎　はい、喧嘩の忠治。「忠治の前に忠治なく忠治の後に忠治なし」とまでいわれた鉄腕剛速球投手ですたい。あんた、確か新東宝の映画女優と結婚したとじゃったよな。
静子　新東宝の映画女優。
忠治　……。逃げた女房に未練はなか。
静子　上杉忠治。
寝太郎　そうたい。強情っぱりで昔気質で頑固者。
忠治　（腕を回しながら）連投につぐ連投で肘ば痛めたあほたれたい。要領の悪かあほたれたい。

静子　未練ったらしか男やねえ。
忠治　ふんっ。男の一人旅は未練ば引き摺る一人旅たい。
静子　(フライを新聞紙に包みながら) 女ごの一人旅は未練ば断ち切る一人旅たい。(包みを寝太郎に渡して) はい、山越えは腹の減るとじゃろ。
寝太郎　……。わし、銭と肉親には縁のなか男じゃけん。
静子　遠慮せんでよか。うちからの就職祝いたい。
寝太郎　就職祝い。
静子　ああ。あんた、この土地に根付けばよか。
忠治　(湯飲みにウイスキーを注ぎながら) 放浪の生活に馴染んだ男はどこの土地にも根付かんとたい。なあ、あんた労働意欲はとっくになくしとるとじゃろが。
寝太郎　……。
忠治　なんな、酒は好かんとな。
寝太郎　わし、酒で殺人未遂ば犯したことのある男じゃけん。
忠治　殺人未遂。
寝太郎　はい。ばってん、殺してもよか男じゃったとです。
忠治　えっ。
寝太郎　炭鉱の募集人ですたい。
忠治　募集人。

静子　募集人、人入れ稼業たい。
忠治　……。
寝太郎　蛸部屋じゃった。労働意欲ばなくす蛸部屋じゃった。
静子　（忠治へ）ひどか人間のおるもんなあ。
忠治　……。
寝太郎　そいからは、生活保護もなか生活ですたい。
忠治　あんた、博打は好いとるとな。
寝太郎　わし、人生が博打じゃった。
忠治　へえ。そいで、人生の博打には勝ったとな。
寝太郎　勝っとればここにはおらん。（フライの包みをポケットにしまいながら、静子へお辞儀をして）遠慮なく呼ばれますけん。
静子　いま食べればよかじゃろが。揚げたてが旨かとじゃけん。
寝太郎　わし、揚げたてと人の情には縁のなか男じゃけん。わし、星空ば眺めるとだけが趣味の男じゃけん。

「死ぬまで寝太郎」、とぼとぼと鐘山炭鉱の方へ歩く。

巌太郎　勝っとればここにはおらん、か。

静子　あんた、宿は決めとるとね。
忠治　えっ。
静子　大牟田の駅前旅館は中央からのオルグさんでいっぱいやけん、泊まるなら荒尾の旅館しかなかろな。
忠治　荒尾。
静子　隣町の荒尾たい。熊本県の荒尾市たい。大牟田は国境やけん。
忠治　へえ、大牟田は国境の町か。
静子　荒尾になら旅籠も木賃宿もあるですけん。
忠治　（ボストンバッグを持って）ああ、今夜も一人寝か。
静子　うちは、恋愛沙汰と刃傷沙汰には辟易しとる女やけん。
忠治　ほう、牽制球の巧みじゃなかかな。
巌太郎　（笑って）女ごの牽制球は巧みやけん、引っ掛からんごとせなたい。

遠く、赤煉瓦の巨大な煙突の方からの歌声は「沖縄を返せ」になっている。
「組合旗」をはためかせて、鉢巻きに鼠色のジャンパー、地下足袋の黒田純と下野健作が走り込んだ。

健作　いやあ、遥か彼方から眺めただけばってん、太田薫の演説は凄か、威勢のよか。やっぱり、総評議長だけのことはあるたい。ロイド眼鏡の太陽にキラキラ光りよる。言葉も太陽にキラキラ光りよる。やっぱり、太田ラッパは凄か、威勢のよか。

純　(組合旗を巌の家に立て掛けながら) 凄かろが。

健作　うんっ。大牟田駅前は足の踏み場もなか人だかりやん。

純　八日の大牟田の記念グラウンドの大集会には、七万人の労働者の集まったとじゃけん。

健作　七万人。やっぱり、社会党浅沼稲次郎書記長の威力は凄か。沼さんの演説も濁声ばってん威勢のよか。

純　濁声が説得力になるとたい。

巌太郎　おいっ。

純　なんな。

巌太郎　うちの家に旗ば立て掛くるとはやめてもらえんじゃろか。

純　えっ。

巌太郎　うちの家は旗は飾《かざ》さん主義じゃけん。

純　あっ、巌太郎さん。

巌太郎　うちの家は旗色ば鮮明にせん家系やけん。(笑って) 旗色ば鮮明にするとなにかと煩わしか土地柄やけん。

健作　けっ。旗色ば鮮明にするとに怯えとるだけやろが。

純　黙っとれ。戻っておいでとったとですな。

巌太郎　東京から逃げ戻ったっちゃい。

純　えっ。
巌太郎　女房には逃げられたったい。
忠治　大牟田には女房に逃げられた男しかおらんとか。
純　（笑って）東京は、安保改定阻止の統一行動で国民会議のデモ隊が国会に突入しとろが。
巌太郎　（剪定鋏で植木の手入れをしながら）ああ、自民党は国会周辺デモ規制法ば単独強行採決するごたる。
純　デモ規制法は違憲立法やけん。社会党や共産党が黙っとらんめ。

普段着に着替えた律子が、サンマを乗せた七輪と団扇を持って玄関から走って来る。

律子　お兄ちゃん。
巌太郎　なんか。
律子　失業しとる人の政治談義ほどみっともなかもんはなかとやけん。
健作　律子ちゃん。
律子　うちの家の風呂釜は故障しとるとけん、今夜は社宅の共同風呂ば呼ばれてくれんね。なんね、安保反対も岩戸景気もミッチーブームも海の彼方のことやろが。
健作　ほう。
律子　一万円札の発行も、関門海峡ば超えた海の彼方のことやろが。

健作　なあ、律子ちゃん。一万円札は、十四色刷りで絵柄は法隆寺夢殿の透しと聖徳太子の肖像らしかって噂ばってん、ほんなこっじゃろか。
律子　（七輪を扇ぎながら）知らん。聖徳太子は大牟田には縁のなか人じゃけん。
健作　へえ。
律子　なんね。
健作　律子ちゃんは、炭住街の社宅のおかみさんのごたる性格ばしとるやんね。
律子　はい。うちは三池炭鉱主婦会の予備軍じゃん。
健作　ばってん、あんたは東京に憧れとるとじゃろが。
律子　……。
健作　ＮＨＫテレビの「バス通り裏」と日活映画の東京は別天地じゃけん。
律子　しっ、あっちに行かんね。不良との交際は学校で禁止されとっとやけん。しっ、しってば。
健作　……。
律子　（純へ）あんた、なんばそわそわしとるとね。
純　そわそわしとらん。
律子　そわそわしても、瑞穂姉ちゃんはまだ戻っとらんとやけん。
純　そわそわしとらん。
律子　しとるやんね。
純　（ポケットから封筒を出して）ついに、わしに指名解雇通告の配達されたっじゃけん、そわそわぐらいはすっじゃろが。
律子　……。指名解雇通告。
純　首切りの赤紙旋風たい。赤紙旋風の炭住街ば吹き抜けよるとたい。まっ、おりは独身じゃけん、なんとかなるじゃろ。
律子　（快活に）ばってん。
純　なんな。
律子　なして、大牟田で「沖縄を返せ」ば歌わないかんとやろか。
純　「沖縄を返せ」ば作曲したとは荒木栄やけん。
律子　ばってん。
純　なんな。
律子　なして、大牟田の荒木栄が「沖縄を返せ」ば作曲せないかんとやろか。
健作　アメリカ占領軍は「プライス勧告」ばしとるけん。
律子　プライス勧告。
健作　ああ。アメリカ占領軍は沖縄の占領と米軍基地の拡張ば狙うとっとたい。沖縄の問題は日本の問題たい。
律子　あんた、不良のくせして組合活動家のごたる言葉ばどこで覚えたつね。
健作　えっ。
律子　うち、流行り廃《すた》りで組合活動家になるごたる人間は好かん。あんたに指名解雇通告の来ればよかとたい。

健作　……。

律子　（七輪を持って）あっ、あっちが風通しのよかごたる。

律子、家の裏へ去る。

静子　（笑って）なんね、振られたごたるね。

健作　なあに、いずれは浴びせ倒しちゃるけん。

純　（「組合旗」を屋台に立て掛けながら）ここに、旗ば立て掛けてよかやろか。

静子　よかよ。旗に頼るごたる生活はしとらんばってん、よかよ。

純　（腰に結んでいた風呂敷包みを解いて）さっ、腹拵えばしたら、山の上クラブに結集すっとたい。

忠治　山の上クラブ。

巌太郎　（植木の手入れをしながら）三池の山の上御殿ちいわれた高級社員クラブたい。大牟田名物の施設たい。

忠治　なっ。

静子　なん。

忠治　あの男、融通のきかん朴念仁じゃなかかな。

静子　融通のきかん朴念仁は昔からたい。（呟く）浴びせ倒せばよかじゃろに。

忠治　えっ。
静子　なんでんなか。
巌太郎　山の上クラブは、明治四十二年の三池港築港と同時に建設された三井の資本力ば誇示する象徴的な建物たい。伊藤博文も泊まっとっとやけん。
忠治　へえ。あんた、やけにこの土地に詳しかじゃなかな。郷土史研究家のごたる。
静子　土地に詳しかだけで、融通はきかんとたい。
健作　（忠治に）あんた、新聞記者な。どこの社の新聞記者な。新聞記者も、社によっては許さんぞ。
忠治　違う。間違えられるばってん、違う。
静子　この人は、新聞記者のごたる文化人じゃなかですたい。
忠治　ああ、未練ば引き摺る一人旅の男たい。
純　この土地の人間じゃなかとなら、この土地の問題には口ば挟まんことたい。
忠治　この土地には興味はなか。ばってん、この土地の人間には興味のあるとたい。
純　なんて。
健作　黒田さん。
純　なんな。
健作　（拳を固めて）なんなら、ぼた打ち食らわしちゃろかい。
純　健作。
健作　なんか。

純　おまえ、もう組合の人間になったとぞ。不良の癖ば直さな迷惑するとは組合やけん。
静子　へえ、健作ちゃんもとうと組合の人間になったつね。ごつか組合員じゃねえ。
純　健作。
健作　なんな。
純　男の我慢でなにより辛か我慢ば知っとるか。
健作　知っとる、入れ墨じゃろが。
純　あほたれっ。男の我慢でなにより辛か我慢はな、堅気ば貫き徹《とお》す我慢たい。
忠治　ほう。
純　おまえ、跳ね返って今夜のデモのスクラムば乱すとじゃなかぞ。
健作　わかっとる。
純　吾一の誘いに乗るとじゃなかぞ、よかな。
健作　わかっとる。
純　吾一は暴力団の準構成員になっとっとやけん。
巌太郎　うちの巌次郎と吾一とあんたは中学の同級生やろが。
純　ああ、根っこは同じたい。
巌太郎　根っこの同じ人間が啀《いが》み合うことはなかろが。
純　なあ。健作。
健作　はい。

純　故郷ば離れた人間は故郷のしがらみも忘るるごたるな。

巌太郎　（剪定鋏で植木の技を切って）故郷ば離れた人間に、故郷ば語る資格はなかか。

純　吾一は逃げ癖のついとると。

巌太郎　……。

忠治　逃げ癖、か。

健作　吾一の親は「路傍の石」の吾一にあやかって命名したとじゃけん。名前負けの典型たい。

純　静子姉ちゃん、アジとハゼのフライばおくれ。

静子　あいよ。

忠治　静子姉ちゃん。

静子　（笑って）炭鉱の社宅で隣近所の仲じゃった人やけん。

忠治　炭鉱の社宅。

静子　大牟田の炭鉱の人間は、米櫃の底までも知っとる間柄ばっかりたい。親戚か兄弟のごたる間柄ばっかりたい。

健作　そうたい。だれがだれに惚れとるかも、すぐにわかる間柄ばっかりたい。

純　健作。おら、瑞穂ちゃんには惚れとらんとぞ。

健作　ほりゃ、黒田さんは瑞穂さんに惚れとるとたい。

純　わしは、静子姉ちゃんのフライが好いとると。

健作　瑞穂さんは好いとらんと。

純　健作。
静子　ばってん、純ちゃんは酒と女と博打と喧嘩は好かん人じゃろが。
健作　ああ、運転免許も持っとらん人間たい。極端に融通性のなかガリガリの気骨家たい。
純　よかっ。組合の人間はそれぐらいの気骨家でよかと。
静子　(フライを新聞紙に包みながら) 強情っ張りで昔気質で頑固者。
純　えっ。
静子　女ごが苦労ばするタイプたい。
忠治　(トリスの大瓶を瓶ごと飲んでいたが、吹き出す) ぶっ。
純　おら、瑞穂ちゃんば泣かすごたることはせん。
健作　ほりゃ、やっぱり、黒田さんは瑞穂さんに惚れとるとたい。
巌太郎　(植木の手入れをしながら) あんた、瑞穂と所帯ば持ちたかとな。
純　はい。瑞穂ちゃんとの所帯なら貧乏所帯でも辛抱するです。
静子　それば苦労というとたい。
純　……。許して貰えんじゃろか。
巌太郎　おりが許しても、巌次郎が許さんめえ。
純　えっ。
巌太郎　巌次郎には立場のあるけん。
健作　なっ。

純　なんな。
健作　巌次郎さんには、指名解雇通告は配達されとらんとな。
巌太郎　巌次郎は従順かだけが取り柄の男たい。
健作　巌次郎さんは、会社側の偉か人の娘との縁談のあるとたい。
純　偉か人の娘との縁談。
健作　ああ。山の上御殿で花嫁修業ばしよる娘たい。
純　……。会社側の策略じゃなかとじゃろか。
巌太郎　策略。
純　ああ。退職勧告状ばばら蒔きよるとも、組合ば分裂さする会社側の策略じゃん。
巌太郎　うむ。会社側は下請け制度の結成ば狙いよるとじゃなかっじゃろか。
純　下請け制度の結成。

遠く、赤煉瓦の巨大な煙突の方からの歌声は「心はいつも夜明けだ」になっている。作業服にカンテラ、キャップ・ランプにピッケルを持った巌次郎が、一升瓶をぶら下げてビラを読みながら歩いて来る。顔は炭塵で黒く汚れている。
すっかり、夕暮れの景色である。

巌次郎　よか匂いのしよるなあ。今夜はサンマか。

純　巌次郎。
巌次郎　よう。
純　おまえ。こげん日にも入坑しよるとか。
巌次郎　（ビラを丸めて捨てて）坑内の安全点検たい。ピッケルで天井岩盤ば叩けば、安全か危険かの判断はつくとやけん。黒田、坑内のベルトコンベヤーの金具は錆びとるぞ。
純　……。ロックアウトになれば、まっと錆びるじゃろ。
巌次郎　（家の裏へ）おうい。律子。石鹸と風呂桶と手拭いば持って来い。（巌太郎へ、一升瓶を見せて）兄貴、今晩、家族会議ばしたかとばってん、よかじゃろな。
巌太郎　よか。
巌次郎　あんた、風呂はよかとな。
巌太郎　よか。おら、汚れとらんけん。
巌次郎　そうな。
純　巌次郎。
巌次郎　……。
純　おまえ、縁談のあるとか。
巌次郎　……。
純　おまえ、おっどんば裏切るとか。
巌次郎　裏切る。惚れた人と添い遂ぐるとが裏切りになるとか。惚れた人と所帯ば持つとが裏切りになるとか。
純　おまえ。会社側の偉か人の娘に惚れたとか。
巌次郎　ああ、惚れたが悪かか。
純　おまえ、騙されとるぞ。
巌次郎　なんち。
巌太郎　やめんか。
巌次郎　兄貴。
巌太郎　なんか。
巌次郎　故郷ば離れた人間は黙っとれ。
純　巌次郎。
巌次郎　ん。
純　……。おまえ、なしておっどんと歩調ば合わせてくれんとか。
巌次郎　おりが家には、おりが家の家庭の事情のあるとやけん。
純　おまえ。
巌次郎　おりが家の家庭の事情ば赤の他人が詮索することはなか。
健作　赤の他人でなくなるかもしれんめえが。
純　黙っとれ。
健作　はい。

純　なあ、巌次郎。おまえ、昭和二十八年の「英雄なき一一三日の闘い」は忘れとらんめえが。
巌次郎　ああ、忘れとらん。
純　「英雄なき一一三日の闘い」は、会社の五七三八名の首切り提案で始まった闘いたい。
巌次郎　……。
純　あの闘いでも、おまえの家は会社側に従順やった。
巌次郎　……。
巌太郎　うちの親父は、朱塗りの茶箪笥に感激する男やけん。
純　朱塗りの箪笥。
巌太郎　（剪定鋏で茶の間を指して）ああ、永年勤続者に送られる朱塗りの箪笥たい。親父は従順な男やけん。
健作　けっ、朱塗りの箪笥と僅かばかりの退職金に恩義ば感ずることはなかろうが。
巌次郎　なんて。
静子　まあまあ。ほんに、根っこの同じ人間が啀み合うことはなかろうが。（新聞紙に包んだフライを純に渡しながら）あの闘いは組合と炭婦協が家族ぐるみで勝利した闘いじゃった。はい、人間、腹の減ると啀み合うもんじゃけん。
純　わかっとる。（フライに醤油を掛けながら）ばってん、組合は指名解雇ば拒否した一八四一名ば職場復帰させたとじゃけん。
巌次郎　ああ、そいで増長したとたい。

純　なんて。
静子　まあまあ。（笑って）ほんに、あの闘いでは死んだ亭主までが鉢巻きば締めて張り切りよった。
純　あの闘いまでは、三池炭鉱労働組合は眠れる豚ち陰口ば叩かれよったとじゃけん。

家の奥から、律子が風呂桶と風呂敷包みを持って走って来る。

律子　眠れる豚ば怒れる獅子にしたとが炭婦協たい。（風呂桶と風呂敷包みを巌次郎に渡しながら）はい、洗い立ての着替えとどてら。炭婦協のおかみさん部隊が指名解雇ば白紙撤回させたとたい。なあ、おばちゃん。
静子　はい。いざとなると徹底的にやるとが女ごやけん。
巌次郎　なあ、静子姉ちゃん。
静子　あいよ。
巌次郎　今晩の家族会議の審判ばしてくれんじゃろか。
静子　家族会議の審判。
巌次郎　ああ。一家離散ばするかもしれん家族会議の審判たい。
律子　なんばいよると、巌次郎兄ちゃん。
巌太郎　巌次郎。

ハーフコートにハンドバッグと弁当の包みを持った瑞穂が「心はいつも夜明けだ」をハミングしながら帰って来る。ハーフコートのポケットから鉢巻きが覗いている。

巌次郎　瑞穂。
瑞穂　あっ。ああ、お兄ちゃん、ただいま。ばってん、うち、すぐに戻らなでけんけん。
巌次郎　すぐに、戻る。
瑞穂　うん。お母ちゃんば落ち着かせたら、うち、すぐに戻らんばいかんとじゃけん。
巌次郎　戻る、どこに戻るとか。
瑞穂　えっ。
巌次郎　おまえ、動揺しよるじゃなかか。えっ、なして動揺しよるとか。
瑞穂　えっ。
巌次郎　動揺するには、動揺するだけの疚しかことのあるとやろが。
瑞穂　……。
純　巌次郎。瑞穂ちゃんは三池購買組合の職員やけん。売店の看板娘やけん。
健作　おお。売勘場《ばいかんば》の看板娘やけん。忙しかとたい。
巌次郎　売勘場はストライキで店閉めしとろが。
瑞穂　……。
巌次郎　（瑞穂のポケットから鉢巻きを取って）おまえ、どこでなんばしよった。

純　巌次郎。

巌次郎　やかましか。他人が詮索する問題じゃなか。

健作　他人でなくなるかもしれんめえが。

巌次郎　なんち。

静子　まあまあ。家族会議はいつでんよかろが。うちも、息子と二人の家族会議はしたこつあなか。

律子　おばちゃんは、和彦ば甘やかし過ぎるとたい。

巌太郎　ほう。甘やかし過ぎるとか。

律子　うん。和彦の鞄には、ウイスキーのポケット瓶と花札とトランプとさいころの入っとるとじゃけん。博打打ちのごたる。

静子　亭主のおらんとじゃけん、しょんなかろが。

巌太郎　……。

忠治　（巌次郎が捨てた紙を読んで）退職のしかた。退職願いは、どんなに簡単なものでもいいのです。紙切れにペン書きにでもして、人事係長か、自分のヤマの人でもよろしい。一番だしやすい人のところへもっていくか、できなければ郵送してください。へえ、自由契約の宣告たい。

旋回しているセスナ機とヘリコプターの音……。

ギターを抱えた、派手な衣装の通称「働かずの吾一」が走り込んだ。

純　吾一。働かずの吾一じゃなかかな。
忠治　働かずの吾一。
純　ああ。中学時代から要領のよさでは天下一品の働かずの吾一たい。
健作「路傍の石」がモデルたい。
吾一　ふんっ。働いて、どうなるもんでもなかろが。おら一生働かんち決めたとたい。たかりで生きることに決めたとたい。働かずの吾一たい。
忠治　たかりで生きる働かずの吾一。
純　おまえ。暴力団の準構成員ばしよっとじゃろが。
吾一　暴力団。不知火建設たい。
純　不知火建設は建築業の看板ば掛けとるだけの暴力団じゃろが。
吾一　あほたれ。不知火建設は会社に雇われとる立派な建築業じゃけん。
純　ほう、人入れ稼業の建築業か。用心棒の建築業か。
吾一　用心棒じゃなか。ばってん、業務阻害者には容赦はせんと。
忠治　業務阻害者。
律子　組合の活動家のことたい。
吾一　健作、そこでなんばしよっと。
純　ほう、おまえは流しのギター弾きもしよるとか。
吾一　ああ、不知火建設は芸能興行の会社も始めたっじゃけん。

純　芸能興行の会社。
吾一　夜の大牟田に演歌師ば派遣する元締めたい。中島町の界隈は酔っ払いで溢れとる。総評も炭労も会社の人間も、酔っ払いは酔っ払いたい。
純　おまえ。
吾一　人間には、従う人間と従わせる人間のおるとたい。流れに逆らう人間はあほたれたい。
純　おまえ。
吾一　（短刀を抜いて）知り合いの鍛冶屋で打って貰《もろ》た短刀たい。手製ばってん、切るっとぞ。
純　吾一。暴力に頼った人間は暴力で潰さるるとぞ。
吾一　ふんっ。暴力ば恐れん人間はおらんとじゃけん。

旋回しているセスナ機とヘリコプターの音……。
オートバイの音がして、鞄を持った学生服の桜井和彦が飛び込んだ。

和彦　かあさん。山の上クラブの篝火で燃え上がりよるごたる。大牟田は篝火と人の雄叫びで燃え上がりよるごたる。

セスナ機とヘリコプターの音が近づき、空からビラの雨が夕暮れに輝きながら降る。
吾一、走り去る。

遠く、夕暮れに輝いている赤煉瓦の巨大な煙突の方からの歌声は「みんなでみんなで敵をうて」になっている。

純 （林檎箱を持って）健作、ビラば林檎箱に詰めろ。山の上クラブに担ぎ込んで燃やしちゃるけん。

純と健作は必死にビラを林檎箱に詰める。ビラは降り続いている。それぞれが、それぞれの想いで空を仰いでいる。満天の星……。遠く、雄叫びと喝采。

満天の星の下で、荒木栄が激しく踊るように「みんなでみんなで敵をうて」の指揮をしている。歌声と雄叫びと喝采。

第二場

昭和三十四（一九五九）年十二月十二日。星降る夜。福岡県大牟田市郊外。柏木家とその周辺の原っぱの空き地。

荒木栄が指揮をストップして、再び激しく振る。歌声と雄叫びと喝采。遠く、赤煉瓦の巨大な煙突の方からの歌声は「手」になっている。荒木栄が、激しく踊るように「手」の指揮をしている。

林檎箱を机にして、手紙を書いている律子が浮かぶ。

原っぱでは、綿入れを羽織った桜井静子がそわそわと落ち着きなく佇んでいる。柏木家の庭では、下駄履きの巌太郎が剪定鋏で植木の手入れをしている。

遠く、ぽつんと「死ぬまで寝太郎」が夜空を仰いでいる。

律子　昭和三十四年十二月十一日。大牟田の冬はシベリア寒気団に覆われて寒い冬です。幸ちゃん、退職解告状のビラを詰め込んだ林檎箱は、山の上クラブ前広場に担ぎ込まれたわ。それは、東映の時代劇映画で黒装束の盗賊の群れが千両箱を担いで走っている姿にそっくりで笑ってしまいました。（庭へ歩きながら）幸ちゃん、千両箱やプラカードは勢いよく火の中に投げ込まれたわ。その焔は、たちまち冬の星空を焦がしていたわ。めらめらと燃え上がる火の紛、三万人の人の群れの雄叫びと喝采。人の心と冬の星空を焼き焦がす焔の風景。

遠く、赤煉瓦の巨大な煙突とコンクリートの石炭搬出施設（ホッパー）が篝火と赤旗で真っ赤に天を焦がしている。その風景は大牟田川に映っている。

律子　（下駄を履いて）幸ちゃん、うち、その風景ば大牟田川の土手から見たとよ。遠くには不知火の有明海が光っていたわ。三池炭鉱主婦会のおばちゃんや組合の人の群れ。焚き火の煙、風にそよぐ茸、赤旗は夜に黒く染まっていたわ。その風景が大牟田川に映っているの。それは、まるで外地の戦争映画の風景だったわ。三池炭鉱主婦会のおばちゃんは知ってる顔ばっかりだった。幸ちゃん、正直、うち怖かった。人は群れると簡単に凶暴になる。

遠く、赤煉瓦の巨大な煙突の方からの歌声は「みんなでみんなで敵をうて」である。
「組合旗」をはためかせて黒田純と下野健作が走り込む。

純　ホッパーまで一気に走るぞ。健作、スクラムば組んだら振り返るとじゃなかぞ。よかか。

健作　はい。

「働かずの吾一」が走り込む。吾一と健作がぶつかった。

吾一　健作、そこでなんばしよっと。おりとの兄弟盃はどげんなっとっとじゃ。

健作　……。

純　兄弟になるとに盃はいらん。茶碗酒のあればよかったい。振り返るな、健作。

純と吾一、憎悪を込めて睨み合っていたが、それぞれに走り去る。健作も純の後を追う。

律子　大牟田は戦場になるごたる。うち、一人で怯えとったとよ。そしたら、歌が聞こえて来たの。夜に黒く染まった赤旗が揺れて、人の群れはスクラムを組んで歌を歌い始めていたわ。

荒木栄が指揮棒をストップさせて、再び激しく振る。喚声と雄叫び。遠く、赤煉瓦の巨大な煙突の方からの歌声は「炭鉱ばやし」になっている。

律子　幸ちゃん、その風景が三池大闘争が怒りとともに走り始めた風景だった。スクラムを組んで歌っている人の群れの一人一人の瞳は焔で激しく燃えているの。瞳には、激しい憎しみと怒りが滾っていたわ。でも、その風景はどこか哀しくて寂しくなる風景だった。

静子、石を蹴って「けんけん」で踊る。

巌太郎　あんた、息子の親離れが寂しかとじゃろ。

静子　えっ。ああ。
巌太郎　甘やかし過ぎた子供ほど親離れは寂しかもんたい。
静子　あんた、この夜更けに植木の手入ればしよるとな。
巌太郎　手持ち無沙汰やけん、格好だけたい。どうなるとじゃろなあ、大牟田は。
静子　えっ。
巌太郎　今夜の大牟田は寝床に入っとる人間は一人もおらんめ。
静子　……。
巌太郎　あんたの性格やけん、じっとしておられんとじゃろ。
静子　……。あっ、戻って来た。

自転車に乗り、バットを持った上杉忠治が、腰に縛ったタイヤを引き摺りながら兎跳びをしている和彦を追い回している。和彦はユニフォーム姿である。ユニフォームに背番号はない。

和彦　おじさん。そげんにぽんぽんぽんぽん小突かんでもよかろが。
忠治　やかましか。根性なしの兎跳びは小突くしかなかとじゃけん。ほれっ、飛ばんか、根性で飛ばんか。ほれっ、ほれっ、ほれっ。
静子　まあっ、あげん小突き回すことはなかろうが。
和彦　（へたり込んで）おじさん、おり、伝馬船の櫓ば漕いで三池港の沖から戻ったばっかりやけん。

忠治　そう。伝馬船の櫓ば漕ぐとは西鉄ライオンズの投手の伝統の訓練たい。
和彦　伝統の訓練。
忠治　ああ、わしも稲尾和久も櫓ば漕いで足腰ば鍛えたもんたい。
和彦　おじさん。
忠治　なんか。
和彦　伝馬船の訓練は時代遅れじゃなかか。まっちっと、洗練された訓練のあろうもん。
静子　そうたい。まっちっと、洗練された根性のあろうもん。
忠治　（和彦を殴って）やかましか。洗練されんとが根性たい。
静子　ああっ、殴った、くらせた。
和彦　あっ。おじさん、コーチが選手ばくらせてよかとか。
忠治　やかましか。選手ば殴らんコーチにコーチの資格はなか。
和彦　おじさん。
忠治　なんか。
和彦　おじさんはかあさんに惚れとっとやろが。
忠治　なんて。
巌太郎　ほう、贔屓でコーチばしよっとか。
和彦　ばってん、かあさんはおじさんに惚れとらんとやけん。
忠治　えっ。

和彦　かあさんはおじさんによそよそしかろが。
忠治　うむ。
和彦　かあさんがおじさんによそよそしかもんやけん、おじさんはおりば苛めよっとやろが。
忠治　ふんっ、惚れた男によそよそしくなるとが女ごたい。
和彦　違う。かあさんは惚れた男にはかいがいしくなる女ごやけん。
忠治　ほう、かいがいしく。
和彦　うん、かいがいしく一途になる女ごたい。
忠治　なあ。
和彦　ん。
忠治　おまえのかあさん、恋愛沙汰には辟易しとるとじゃろが。
和彦　ああ。大牟田にはろくな男はおらんけん。
忠治　やっぱり、いろいろあったとじゃろ。
和彦　えっ。
忠治　男とのすったもんだのいろいろあったとじゃろ。
和彦　まっ、なかったといえば嘘になるじゃろ。しょんなか、あれだけの美貌ばしとるとやけん。
忠治　うん。おまえのおふくろには勿体なか。
和彦　うん。おじさんにも勿体なか。
静子　和彦。

和彦　あっ、かあさん。おったとな。
静子　和彦。
和彦　なんな。
静子　大牟田にろくな男のおらんわけじゃなかと。うちに纏《まと》わりついた男がろくな男じゃなかったとたい。
巌太郎　（剪定鋏で植木を切って）畜生っ。
和彦　かあさん、一人歩きは危なかぞ。今夜の大牟田は、三池港も山の上クラブも駅前もデモ隊と県警の機動部隊でいっぱいじゃけん。
静子　県警の機動部隊。
巌太郎　ああ。県警の機動部隊は、粕屋郡和白海岸の県警射撃訓練場で争議鎮圧の訓練ばやったらしか。
静子　あんた、なして知っとると。
巌太郎　新聞で知っとると。実戦そっくりの訓練やったらしか。
静子　……。
巌太郎　ああ、あんたの亭主も「英雄なき一一三日の闘い」では、警官隊と暴力団にこっぴどくやられたとじゃったよな。
静子　強情っ張りで昔堅気で頑固者。
忠治　……。

静子　（指で拳銃を作って撃つ）パンっ、パンっ、パンっ。
忠治　和彦。
和彦　おりば呼び捨てにすっとか。
忠治　やかましか。よかか、投手の条件は足と腰と面魂たい。ようし、このまま三池港まで兎跳びたい。
和彦　ああ、苛めんで。おら、もう限界やん。
忠治　やかましか。根性に限界はなか。踏べっ、根性で踏べっ。ほれっ、頑張れっ。

和彦、忠治のバットで小突かれながら兎跳びをして去る。

巌太郎　あんた。
静子　えっ。
巌太郎　やっぱり、亭主に未練のあっとじゃろ。
静子　……。

満天の星の下、荒木栄がハーモニカで「夜明けだ」を吹いている。

律子　（垣根越しに栄を見て）幸ちゃん、瑞穂姉ちゃんと荒木さんの恋の焔も燃え滾っています。「恋は忍ぶ恋ほど燃え滾る」。そして、荒木栄さんの胃潰瘍が重いのも、うち、知っています。

鉢巻きをした瑞穂が走り込んだ。

静子　瑞穂ちゃん。
瑞穂　ああ、静子姉ちゃん。すっかり遅なってしもて。これでも抜け出してきたとよ、うち。
静子　（まじまじと瑞穂を見て）……。
瑞穂　なんね。
静子　あんた、うちにそっくりたい。
瑞穂　えっ。
静子　あんた、うちによう似とる。うちも「英雄なき一一三日の闘い」では鉢巻きばして頑張った一人じゃけん。
瑞穂　えっ。
静子　うち、炭婦協やったとたい。うちの握り飯は大牟田では評判の握り飯やったとじゃけん。
厳太郎　旨かったよなあ。
静子　うちの割烹着と薄化粧は評判やったとじゃけん。
瑞穂　知っとる。うち、遠くから眺めとったとじゃけん。
律子　ばってん、夜更けの一人歩きは物騒か。巌次郎兄ちゃんの喧しかっじゃん。

瑞穂　とっくに諦めとるとじゃなかろか。うち、意固地かけん。
静子　うちも意固地で亭主と結婚したとたい。意固地で炭婦協もやったとたい。瑞穂ちゃん。
瑞穂　はい。
静子　鉢巻きはぎゅっと力いっぱい締めなたい。
瑞穂　えっ。
巌太郎　そう。人間、意固地だけで生きらるるもんでもなかっじゃけん。
瑞穂　うちと栄さんは疚しか関係ではなか。
巌太郎　疚しか関係ではなか関係でも、世間は疚しか関係にしたがるとたい。それが男と女の関係たい。
静子　へえ、東京帰りは言葉の垢抜けとる。
巌太郎　煩わしかとが男と女の関係たい。
瑞穂　なあ、静子姉ちゃん。
静子　ん。
瑞穂　（ポケットから鉢巻きを出して）鉢巻きはあるとばってん。
静子　……。
瑞穂　大牟田はぎりぎりいっぱいで生きとるとやけん。
静子　（鉢巻きを貰って）……。締め方ば忘れたとじゃなかとやろか。
瑞穂　ぎゅっと力いっぱいたい。

静子　ああ、力いっぱいか。鉢巻き固くか。
瑞穂　（栄に気づいて）あっ。
巌太郎　やんちゃ坊主が一人でハーモニカば吹きよるとたい。贅沢なやんちゃ坊主たい。
瑞穂　えっ。
巌太郎　一人になりたがるとは贅沢病たい。
瑞穂　静子姉ちゃん。
静子　なん。
瑞穂　うちの家の家族会議の審判ば頼まれたとじゃろ。
静子　ああ。巌次郎ちゃんも見込み違いばしたもんたい。
瑞穂　ここにおって。
静子　えっ。
瑞穂　うちと栄さんの審判もしてくれんね。
静子　うち、人生のルールブックは知らんけん。
瑞穂　ルールブックは静子姉ちゃんたい。

　　瑞穂、律子からおもちゃのピアノを受け取り、荒木栄の方へ走る。

瑞穂　やっぱりここじゃった。みんなで探しよったとに。

栄　一人になりたかこともあっじゃろが。
瑞穂　贅沢病は戦後の流行り病じゃなかっじゃろか。
栄　えっ。
瑞穂　うたごえには綺麗か人ばっかり揃とるとに、なして一人になりたがると。
栄　綺麗か人。
瑞穂　うん。ほらっ、中央合唱団から派遣されたオルグの奈良恒子さんも綺麗か人やった。
栄　奈良恒子さん。
瑞穂　うん。労働会館で「奈良さんを囲むみんな歌う会」のあったやん。
栄　ああ、忘れもせん。一九五三年の十二月十八日たい。ぼくが、うたごえ運動に足ば踏み込んだ記念すべき日たい。あれっ、あなた、あの会にもおったとですか。
瑞穂　はい。遠くから眺めとったとです。
栄　そう。
瑞穂　奈良さんは、長い睫の人やった。やわらかな瞳の人やった。綺麗か面差しの人やった。声に艶のある人やった。
巌太郎　奈良さんは、叙情的な声の人やけん。
瑞穂　栄さんは、瞳ば潤ませて頬ば真っ赤にさせとった。
栄　感激しとったとたい。奈良さんは、世界的テノールのカルーソーもイタリアの炭坑夫だったのよと励ましてくれたとたい。

律子　へえ。
栄　翌日、奈良さんは船津町のぼくの家まで訪ねてくれた。親父が慌てふためいとった。
律子　へえ。
栄　うたごえの話は汲めども尽きせんかった。ばってん、奈良さんの特急に乗る時間は迫っとったとたい。ぼく、夜道ば大牟田駅まで送ったとたい。
律子　メロドラマのごたる。
栄　ホームで固か握手ばしたとたい。まだ、手のひらに温もりの残っとる。
瑞穂　栄さんは、すぐに人ば好きになるとやないと。
栄　ああ。人間は好いとる。
瑞穂　惚れっぽくて、飽きっぽかとやろ。
栄　飽きることはなか。ぼく、うたごえに生涯ば捧ぐるつもりでおるとやけん。
瑞穂　……。
栄　なあ、瑞穂さん。
瑞穂　はい。
栄　星にも寿命のあるとは知っとっじゃろ。
瑞穂　寿命。
栄　瑞穂さん。
瑞穂　はい。

栄　ぼくは久里浜の警備隊で敗戦ば迎えたとたい。
巌太郎　久里浜第三警備隊やろ。
栄　ああ。軍隊のヒステリックな規律としごき、果てしのなか飢え。軍隊は人間ば人間でなくするところたい。
瑞穂　そう。
栄　ぼくの軍隊生活は、明けても暮れても蛸壺掘りじゃった。
瑞穂　蛸壺掘り。
栄　塹壕掘りたい。
瑞穂　ああ。
栄　塹壕掘りは、ぼくの墓穴ば掘りよるごたった。
瑞穂　墓穴。
栄　B29の大編隊は大挙して東京湾ば襲うとたい。低空飛行しよる操縦席のアメリカ兵は笑いよった。瑞穂さん。
瑞穂　はい。
栄　アメリカ人は微笑みながら戦争ばするとぞ。
瑞穂　そう。
栄　痩せ衰えたぼくは、鮨詰めの鈍行列車で大牟田の土ば踏んだったたい。大牟田の街は荒廃しとった。ぼくは、三井製作所で職場復帰の手続きばしたったたい。なあ、静子さん。

静子　はい。
栄　ぼくは人間嫌いになっとった。
静子　ほんに、終戦からの日本は人間嫌いと人間不信の寄合い所帯になっとった。
巌太郎　大牟田も戦後は寄合い所帯になっとった。
静子　えっ。
巌太郎　組合の人は戦争でこっぴどか体験ばした人ばっかりたい。
静子　ああ。
巌太郎　戦争ば知っとる人の戦争やけん、強かはずたい。
静子　瑞穂ちゃん。
瑞穂　えっ。
静子　うちの人も戦争に行ったとよ。
栄　ぼく、部屋に籠って短歌ばっかりつくっとった。「天皇制擁護の念は持ちをれど、共産党に心ひかれつ」。
瑞穂　えっ。
栄　「三池短歌」の第二号に投稿した生活短歌たい。ぼくの偽らざる心境やった。
瑞穂　そう。
栄　兄の遺骨が帰って来た。
巌太郎　あんたの義姉さんの嘆き悲しみは痛々しかほどやった。

栄　はい。ぼくは義姉さんと結婚ばしたとです。

静子　（笑って）どこにでもあった話たい。

栄　「街をゆくひとりひとりが身に持てる、秘密をしらば心なぐさまむ」。

瑞穂　……。

静子　あんたと義姉さんは、荒木家の維持と安泰のために結婚したとじゃけん。

栄　ばってん、それだけではなかった。

静子　えっ。

栄　ぼくの心は邪《よこしま》じゃった。

静子　栄さん。

栄　はい。

静子　寒かけん。もう、家に戻ったほうがよか。

栄　家には煩わしか関係のあるとたい。

瑞穂　……。

栄　ぼくは三池製作所混声合唱団ば組織したとたい。（指揮棒を振る真似をして）合唱団に明け暮れる日々やった。

巌太郎　あんた、バプテスト教会でキリスト教の洗礼ば受けたっじゃろが。

栄　ああ。なあ、瑞穂さん。

瑞穂　はい。

栄　（おもちゃのピアノを叩いて）あなた、筑豊の森田ヤエ子さんば知っとるか。
瑞穂　筑豊の森田ヤエ子さん。
栄　三菱上山田炭鉱厚生課の購買会で働きよる人たい。無邪気で物怖じばせん人たい。
瑞穂　へえ。
栄　声は甲高かソプラノたい。
瑞穂　へえ。
静子　ねえ、栄さん。
栄　（ピアノを叩きながら）ん。
静子　その曲は、なんちいう曲じゃろか。
栄　即興たい。森田ヤエ子さんばイメージした即興たい。
静子　へえ。
栄　（胃を押さえて）うっ。
瑞穂　栄さん。
栄　えっ。
瑞穂　胃の、痛みよるとじゃなかとですか。
栄　……。いや。痛みよらん。

満天の星の下、栄がピアノを叩いている。曲は「がんばろう」のメロディーの旋律によく似ている。姉さん被りに割烹着のトメが、握り飯を盛ったお盆を手に柏木家の玄関を走って来る。律子も後を追う。
縁側から、巌と巌次郎が覗いている。

静子　トメおばさん。

トメ　炭婦協の応援隊がピケ小屋に握り飯の差し入れたい。

巌太郎　おふくろ。

瑞穂　おかあちゃん。

静子　うちも、なにか手伝うことはなかっじゃろか。

トメ　えっ。

静子　（鉢巻きを締めながら）うちも炭婦協の応援隊になりたかとばってん、よかっじゃろか。

トメ　よか。あんたがおれば百人力たい。

静子　鉢巻き固くたい。

遠く、赤煉瓦の巨大な煙突の方からの歌声は「大行進の歌」になっている。

律子　（遠くへ）幸ちゃん、大牟田の昭和三十五年は騒然と明けたわ。夕張のお正月はいかがでしたか。
大牟田のお正月は寂しいお正月でした。会社側は賃金カットで兵糧攻めを仕掛けて来たのです。
だけど、三池炭鉱主婦会のおばちゃんは凄か、逞しか。「生活革命運動」で兵糧攻めに対抗したのです。三池炭鉱主婦会のおばちゃんは、全国からの物資や資金カンパに励まされて「一万円生活」で三池闘争を支えています。幸ちゃん、三池闘争は家族ぐるみの闘いとなりました。幸ちゃん、昭和三十五年一月二十五日、ついに、会社は各鉱業所の門を閉ざしてロックアウトを敢行したのです。組合は、全面無期限ストライキを宣言しました。

静子、瑞穂、トメ、律子が「大行進の歌」を歌い踊る。

遠く、赤煉瓦の巨大な煙突とコンクリートの石炭搬出施設（ホッパー）が篝火と赤旗で真っ赤に天を焦がしている。その風景は大牟田川に映っている。

寝太郎　ああ、冬の星座の動いたごたる。季節だけは確実に訪れるとじゃなあ。

律子　（遠くへ）すべての闘いでもっとも恐ろしいのは内部の分裂である。どこかの、偉か人の言葉です。幸ちゃん、三池炭鉱に新労働組合が結成されたとは昭和三十五年三月十七日のことでした。

静子、瑞穂、トメ、律子が「大行進の歌」を歌い踊っている。

第二幕

第一場

昭和三十五（一九六〇）年三月二十八日。夜明け前。福岡県大牟田市郊外。「柏木家」と「惣菜屋」の屋台がある原っぱ。

闇に、竹籠を肩に担ぎ、ジャンバーにズボン、長靴を履いた静子が浮かぶ。肩に掛けているトランジスターラジオからは、昭和三十五年三月二十七日の「三池闘争」の「ラジオ・ニュース」が流れている。板塀には『大牟田東映』の時代劇のポスターと、小林旭の『ギターを持った渡り鳥』やオードリー・ヘップバーンの『尼僧物語』と組合のスローガンが仲良く貼ってある。スローガンの中には「労働者の誇りを汚すまい」「分裂にゆるがず闘い抜こう」もある。

静子（林檎箱に腰を落とし、呟く）根っこは同じじゃろが。米櫃の底までも知っとる間柄ばっかりじゃろが。

遠く、闇に赤煉瓦の巨大な煙突とコンクリートの石炭搬出施設（ホッパー）の風景が浮かぶ。その風景が大牟田川に映っている。

静子、竹箒を指揮棒にして振る。「燃やせ闘魂」の歌声が流れる。静子、激しく踊るように指揮棒を振る。林檎箱を机にして、手紙を書いている普段着の律子が浮かぶ。

律子　（手紙を読んで）すべての闘いでもっとも恐ろしいのは内部の分裂である。どこかの、偉か人の言葉です。幸ちゃん、三池炭鉱に新労働組合が結成されたとは、昭和三十五年三月十七日のことでした。その夜、新労働組合のデモ行進があったわ。護衛するトラックや車の群れは戦車みたいだった。夜空には、アドバルーンの赤いネオンが輝いていたわ。「再建の春、勇士起て」のアドバルーンの文字が星空に輝いて揺れているの。幸ちゃん、デモ行進はライトの洪水だった。ライトの洪水に照らされた新労働組合の人の群れは、知っている人ばっかりだった。でも、知っている人の顔は憎しみと炎で真っ赤に燃えていました。第二組合と呼ばれる汚名と屈辱。でも、その顔はどこか誇らしげな顔をしているの。幸ちゃん、人間の憎しみの中で、なによりも凄い憎しみは近親憎悪なのかもしれない。幸ちゃん、その日から大牟田は戦場になりました。大牟田の炭住街は市街戦さながらの戦場です。

自転車に乗り、バットを持った上杉忠治が、腰に縛ったタイヤを引き摺りながら兎跳びをしている和彦を追い回している。和彦はユニフォーム姿に鉄下駄である。

忠治　ようし、そのまま大牟田のメーンストリートまで兎跳びたい。

和彦　また、大牟田のメーンストリートまで兎跳びばするとか。

忠治　ああ、大牟田の商店街はストライキで閑散としとるとじゃけん、兎跳びにはちょうどよか。

和彦　閑散とはしとっても、タイヤば引き摺りながらの鉄下駄での兎跳びは恥ずかしかろが。

忠治　（殴って）やかましか。恥ずかしがる心が恥ずかしかとたい。
和彦　おじさん、おじさんはくらわす指導しかできんとか。
忠治　ああ。軍隊と西鉄ライオンズの精神たい。
和彦　おっとろしか。時代遅れも甚だしか。
忠治　やかましか。わしは時代遅れば恐るるごたる男じゃなか。わしは若っか者に迎合するタイプの男じゃなか。
和彦　けっ、強がりは時代遅れの証拠やん。おじさんは若っか者に嫌われるタイプの人間たい。
忠治　なんて。
和彦　おじさん。
忠治　なんか。
和彦　なしてこの時間に、わざわざここで訓練せないかんとか。
忠治　えっ。
和彦　おじさんはかあさんがここにおることば知っとって訓練しよっとやろが。ええ格好しいで訓練ばしよっとやろが。
忠治　やかましか。
和彦　だいたい、いまの大牟田は野球ばする雰囲気ではなかろうが。
忠治　おまえまでが脇見することはなかじゃろが。跳べっ、根性で跳べっ。甲子園はすぐそこにぶら下がっとるとじゃけん。すぐそこに甲子園たい。

和彦　すぐそこに甲子園。
忠治　ああっ。跳べっ、その日まで跳べっ、根性で跳べっ。
和彦　かあさん。この男は、ええ格好しいの時代遅れの男じゃけん。関わり合うたら損じゃけんね。
忠治　やかましか。
和彦　ああ、苛めんで。

和彦、兎跳びで去る。

忠治　やっぱり、ここにおったとな。
静子　（笑って）うちが物思いに耽る場所はここしかなか。うちも、時代遅れの女ごじゃけん。
忠治　あんた、どっちの応援隊ばしよるとな。
静子　どっち。
忠治　新しか組合は三池労組刷新同盟というとじゃろが。第二組合たい。
静子　（笑って）どっちこっちはなかとたい。大牟田の人間は大牟田で生きとる人間ば応援するとたい。うち、政治は好かんけん。
忠治　うむ。どっちの人間も、知っとる人間ばかりじゃろ。
静子　うち、審判する人も好きじゃなか。
忠治　えっ。

静子　戦さには、審判ばする人のおるとやけん。
忠治　へえ。
静子　大牟田ば審判しよる人は大牟田にはおらんとたい。
忠治　アンパイヤーは好きじゃなかか。
静子　うん。贔屓ばするけん好きじゃなか。
忠治　ああ、強か者に味方ばするとがアンパイヤーたい。
静子　えっ。
忠治　アンパイヤーは巨人軍に贔屓ばしよるとじゃけん。
静子　（笑って）あんた、いつまで荒尾市の木賃宿に下宿ばしとると。
忠治　えっ。
静子　一人旅は疲るるやろが。
忠治　ああ、部屋も汚れっぱなしたい。掃除も洗濯もたまっとる。
静子　あんた、博多の中洲によか人の待っとらすとじゃなかと。
忠治　待っとるとは勘定だけたい。三池工業高校のエースが素直にうんとはいわんとたい。
静子　へえ。あの人、よか家の人やけん。
忠治　わしの好かんタイプたい。
静子　えっ。
忠治　ユニフォームも汚さんごたる天才肌の投手じゃけん。わしの好かんタイプたい。

静子　そう。
忠治　和彦はわしによう似とる。わしの若っか頃にそっくりたい。
静子　えっ。
忠治　わしも、おふくろ一人に育てられた男じゃけん。わしも、わがでわがば持て余した男じゃけん。
静子　へえ。
忠治　わし、和彦に甲子園の土ば踏ませたか。
静子　甲子園。夢のごたる。
忠治　わし、嬉しかと。
静子　えっ。
忠治　夕暮れの路地裏で、和彦とする肩慣らしのキャッチボールが嬉しかと。懐かしか匂いのして嬉しかと。
静子　へえ。
忠治　和彦は鉄砲肩じゃけん。足腰ば鍛えて、コントロールさえしっかりすれば、甲子園も夢じゃなか。
静子　（笑って）ばってん、人生でなにより難しかとはコントロールやけん。
忠治　そう。悪か女ごに引っ掛かった男は、コントロールば乱すとじゃけん。
静子　えっ。
忠治　わし、悪か女ごに引っ掛かって、契約金ば使い果たした男じゃけん。

静子　へえ。なっ。
忠治　ん。
静子　和彦は、中洲の悪か女ごに騙されて、契約金ば使い果たすとやなかやろか。
忠治　えっ。
静子　いえ、あの。うち、これでも苦労性の性格ばしとるとじゃけん。
忠治　母親は、どの母親も苦労性たい。

和彦が、兎跳びをしながら戻って来る。

和彦　おじさん。すぐそこに甲子園はよかばってん、すぐそこも真っ暗闇ぞ。
忠治　やかましか。夜明け前の真っ暗闇は闇夜の闇より真っ暗闇になるとたい。跳べっ、根性で跳べっ。夜明けまで跳べっ。

和彦と忠治、去る。

静子　大牟田も、コントロールば乱しとるとじゃなかとやろか。

「組合旗」をはためかせて、荒縄を担ぎ、竹の節を抜いた水筒の束を持った黒田純と下野健作が走り込んだ。

静子　純ちゃん。あんた、なんばしよると。

純　第二組合は青年行動隊ば先頭にして、今朝の一番方から強制就労ばするらしか。

静子　えっ。強制、就労。

健作　（組合旗を厳の家に立て掛けながら）諏訪神社裏の、十三間道路に勢揃いした千七百人の第二組合員は、三川鉱に駆け足デモばしよるとたい。

静子　三川鉱で強制就労。

純　ああ。三川鉱の正面玄関と通用門は、三池労組と応援オルグのピケ隊が、有刺鉄線ば張り巡らして人海バリケードで固めとる。

健作　（怯えて）力づくで強制就労ば阻止すっとたい。もう、小競り合いは始まっとる。

純　健作、その家に旗ば立て掛くるとはやめとかんか。

健作　えっ。ああ、はい。

静子　あんた、その荒縄ばどげんするとね。

純　機動隊に牛蒡抜きにされんごと、スクラムの腰ば括るったい。さあ、三川鉱のホッパーまで一気に走っぞ。

静子　純ちゃん。

純　えっ。

静子　あんた、いつまでこげんことば。
純　会社側が経営権ば放棄するまでたい。
静子　あんた。
純　おら。会社から指名解雇通告の配達ばされた男たい。

純、嫌がる健作を促して「三川鉱」の方へ走り去る。

静子　……。

縁側から、律子が覗いていた。

律子　おばちゃん。
静子　あれっ、律子ちゃん。また徹夜で手紙ば書きよったとね。
律子　うん。強制就労か。なっ、おばちゃん。
静子　なん。
律子　大牟田は慌しか時代の動きに揺れよるごたる。
静子　ああ。
律子　王子製紙や日鉄室蘭の闘争も、第二組合にやられたとやけん。

静子　へえ、よう知っとるたい。
律子　うんっ、大牟田で生きとれば、嫌でも組合には詳しくなるとたい。なっ、おばちゃん。
静子　えっ。
律子　二月の一日に夕張炭鉱でガス爆発のあったろが。
静子　ああ。ひどか事故じゃった。五十三人も生き埋めになったとじゃけん。
律子　ばってん、幸ちゃんの家族には関係のなか事故やけん。幸ちゃんは幸せに生きとるとやけん。
静子　そうたい。便りのなかとがよか便りたい。
律子　うん、便りのなかとがよか便り。おばちゃん。
静子　えっ。
律子　おばちゃん、燃え滾るごと溌剌としとるじゃなかね。
静子　うちが、溌剌としとるとね。
律子　恋は忍ぶ恋ほど燃え滾る。恋は女ごば溌剌とさするとやけん。ほんに、おばちゃんの恋は西部劇の「シェーン」のごたる。
静子　シェーン。
律子　「遥かなる山の呼び声」たい。

作業服にカンテラ、キャップ・ランプにピッケルを持った巌次郎が柏木家の玄関から歩いて来る。遠く、赤煉瓦の巨大な煙突の方から「心はいつも夜明けだ」の歌声が聞こえる。

巌次郎　ああ。また嫌な一日の夜明けのごたる。
静子　巌次郎兄ちゃん、こげな日にも坑内の安全点検ばせなでけんとね。
巌次郎　ああ、おりがピッケルは坑内保安の聴診器たい。
静子　あんた、根っからの炭鉱マンやねえ。
律子　親子三代の根っからの炭鉱マンたい。うちの家族は炭鉱しか知らん家族たい。
静子　巌太郎さんも、都会の水は苦かったとじゃろ。
律子　家と故郷ば捨てた人間の結末は哀れじゃけん。
静子　えっ。
律子　無国籍たい。流浪の民たい。
巌次郎　ロックアウトで、坑内の鉄の炭函《たんかん》やベルトコンベヤーは赤錆びのしよる。なあ、静子姉ちゃん。
静子　ん。
巌次郎　組合の兵糧攻めは愚策じゃなかったとか。
静子　兵糧攻め。
巌次郎　組合は、批判派グループに、炭労や総評から支給さるる一万円生活の資金ば打ち切っとる。愚策たい。
静子　どっちも意固地になっとると。

巌次郎　組合は、批判派グループに走った組合役員の権利停止もしたろが。
律子　うんっ。組合役員の権利停止は、事実上の除名処分たい。
静子　へえ。よう知っとるたい。
巌次郎　三池労組は、会社側との労働協約でユニオンショップ制ば取り交わしとる。
静子　ユニオンショップ制。
律子　うんっ。会社に入った人間が、会社の組合に自動的に入る制度がユニオンショップ制たい。
巌次郎　組合が組合員ば除名処分にしたとも愚策たい。
律子　うんっ。組合が、組合員の首ば切ってよかはずのなか。
静子　へえ。あんた、もう一端の法律の専門家たい。
律子　うんっ。司法試験にも合格するじゃろ。三池新労組が会社側に生産再開ば申し入れたとが、炭住街の市街戦になった原因やろが。
巌次郎　大牟田の普通の人は、炭住街の縄張り争いに呆れとる。
律子　縄張り争い。縄張り争いはひどかやんね。
巌次郎　大牟田の商店街は「大牟田市民再建運動本部」ば組織して、刷新同盟ば応援しよる。もう、大牟田市の人間はストには嫌気のさしとるとたい。
律子　ふんっ、商売人はこすかけん。
静子　ばってん、商売人は商売してこその商売人たい。商売人はこすなからな商売人じゃなかとたい。
巌次郎　ああ、松屋デパートも閑散としとる。

静子　はい。三池港には漁船もいっぱい並んどる。市場も閑散としたもんたい。

律子　三池労組は、組織の衰退と滅亡への道ば歩きよるとじゃなかじゃろか。

静子　へえ。

巌次郎　ああ、大牟田は炭鉱だけの街ではなかっちゃけん。

静子　あんた、会社側の偉か人の娘さんとの縁談はどげんなっとると。

巌次郎　はかどっとらん。

静子　その会社側の偉か人が、大牟田の人ならよかばってん。

巌次郎　えっ。

静子　その会社側の偉か人は大牟田の人ね。

律子　会社側の偉か人に、大牟田の人はおらんとたい。

巌次郎　やかましか。

静子　そう。うちも会社側の偉か人と縁談のあったとたい。

巌次郎　えっ。

静子　中央の大学ば、よか成績で卒業した中央の人やった。

律子　へえ。おばちゃん、東京の人と恋愛したと。

静子　はい。ばってん、踏ん切りのつかじゃった。うち、恋愛沙汰と刃傷沙汰には辟易しとると。

律子　それで、和彦のとうさんと結婚したっね。

静子　はい。強引に沿びせ倒されたとたい。

律子　娘盛りの女ごは、縁談は降って湧くごとあるって錯覚するらしか。
静子　ああ。そして、派手で遊び上手の男に引っ掛かるとたい。
律子　へえ。
静子　巌太郎さんは女心ば知らんとたい。
律子　えっ。
静子　待っとる女ごもおったとにな。
律子　そう、巌太郎兄ちゃんの人生も踏ん切りのつかん人生たい。
巌次郎　で。
静子　えっ。
巌次郎　その、東京の男の人はどげんしたとじゃろか。
静子　ああ、会社の重役の娘とお見合い結婚ばしたごたる。
律子　お見合い結婚。
静子　（笑って）「英雄なき一一三日の闘い」では、うちの亭主から六時間の吊るし上げばされたとたい。あの人、泣きべそばかいたらしか。
律子　えっ。
静子　うちの亭主の吊るし上げはきつかけん。うちの亭主、人には厳しか人間じゃった。
律子　へえ。
静子　その吊るし上げにも耐えに耐えて、あの人、いまでは偉か重役に出世ばしとらすと。

律子　えっ、その人いまも大牟田におらすとね。
静子　はい。いまではすっかり上り詰めて、中央へ戻るとば待つだけの身分たい。
律子　へえ。
静子　あのな、三池工業高校のエース投手のお父さん。
律子　えっ、あの人の。
静子　はい。
律子　これは因縁の対決たい。
静子　なあ。巌次郎ちゃん。
巌次郎　はい。
静子　会社側の人間もぎりぎりいっぱいで生きとると。
巌次郎　えっ。
静子　北海道も九州も石炭は総崩れたい。ほんなこつ、流れには逆らえんとかもしれんとたい。

遠く、赤煉瓦の巨大な煙突の方からの歌声は「燃やせ闘魂」になっている。
「働かずの吾一」が走り込んだ。

吾一　ふんっ。なんが「燃やせ闘魂」か。闘魂ば燃やしても、流れには逆らえんとたい。
静子　吾一ちゃん。

吾一　繁華街も閑古鳥たい。総評も炭労も会社の人間も、酔っ払うとにも遠慮しよる。
巌次郎　へえ、働かずの吾一が夜明け前から起きとるとか。
吾一　ああ、召集礼状の来たったい。
巌次郎　召集礼状。
吾一　親方から召集礼状の来たったい。
静子　あんた。
吾一　福岡県警は、大牟田署内に「三池争議現地警備本部」ば設置して、機動隊ば中心に千人ば越す警官ば配置しとるとぞ。
静子　ふんっ、物々しか。
吾一　えっ。
静子　物々しかと。
吾一　ばってん、会社側も行き詰まり寸前まで追い込まれとる。荒尾からも小倉からも久留米からも応援の来よるとたい。容赦はなか。
巌次郎　吾一。
吾一　なんか。
巌次郎　おまえもおりも黒田も、根っこは同じ人間じゃろが。
吾一　ああ、機動隊も警官も、根っこは同じ人間たい。ばってん、おりが親父は殺された。おふくろは逃げた。人間、根っこは同じでも枝葉分れはするもんたい。

巌次郎　吾一。

吾一　おりば拾《ひろ》てくれたっは、親方だけたい。

吾一、走り去る。静子、律子、巌次郎、呆然としている。縁側から、巌太郎が覗いていた。

巌太郎（腕を伸ばして）ああ、よう寝た。昭和三十五年三月二十八日の朝か。今日も長か一日になるごたる。

遠く赤煉瓦の巨大な煙突の方からの「燃やせ闘魂」の合唱と、「憎むべき分裂行動を許すな」「裏切り者第二組合を許すな」の声とざわめき。「三川鉱事件」の「ラジオ・ニュース」が流れている。

第二場

昭和三十五（一九六〇）年三月二十九日。昼下がり。新緑の福岡県大牟田市郊外。柏木家。メジロの鳥籠が吊ってある縁側で、巌と背広姿の「働かずの吾一」が将棋をしている。将棋盤は手製である。廊下の机代わりの林檎箱では、律子が封筒に宛名を書いている。

遠く、赤煉瓦の巨大な煙突の方から「燃やせ闘魂」の合唱と「憎むべき分裂行動を許すな」「裏切り者第二組合を許すな」の声とざわめき。

縁側で、巌太郎が大欠伸をした。

巌太郎　（腕を伸ばして）ああ、よう寝た。昭和三十五年三月二十九日の昼下がりか。今日も長か一日じゃなかろうか。

律子　よう、のんびりと昼寝ばさるるもんたい。三川鉱の乱闘では百十五人もの重軽傷者の病院に担ぎ込まれとるとよ。

巌太郎　ばってん、傍観者のやきもきしてもしょんなかろが。（将棋盤を覗いて）ほう、よか勝負しよるな。

律子　お兄ちゃんは、すかぶら好きの「せんぷりせんじ」にそっくりたい。

巌太郎　すかぶら好きの「せんぷりせんじ」。

律子　ああ。怠け者の「せんぷりせんじ」たい。

吾一　ふんっ、働かずの「せんぷりせんじ」か。
律子　いまの日本に傍観者はおらんとばい。（「劇画」の雑誌と手紙を持って、奥の台所へ）おかあちゃん、うち、郵便局で速達ば出して、その足で貸本屋に回って劇画ば返してから戻って来るけん。

奥の台所から「はいはい。ばってん、あんまし遅なったらいかんけんな。街には狼のごたる人間のうようよしとるとやけん」とトメの声。

吾一　ほう律子ちゃんが貸本屋から劇画ば借りるとか。
律子　うちじゃなか。巌次郎兄ちゃんが読むとたい。
吾一　えっ。巌次郎が劇画ば読むとか。劇画の漫画は残酷じゃろが。
律子　うんっ、白土三平の「忍者武芸帳」は残酷たい。うち、劇画は好かんとけん。
巌太郎　巌次郎は、松本清張の「黒い画集」も読みよるとたい。
吾一　松本清張。
巌太郎　ああ、光文社の「カッパノベルズ」。たい。
吾一　「カッパノベルズ」。へえ、巌次郎は社会派推理小説ば読みよるとか。
律子　うんっ。巌次郎兄ちゃんは社会派やん。
吾一　社会派か。あの原っぱで、紙芝居屋に拍手ばしよった巌次郎が社会派になったっか。
律子　社会派のどこが悪かつね。社会派も「黄金バット」も正義の味方たい。

巌太郎　ばってん、正義の味方もあやふやじゃけん。
律子　あやふや。
巌太郎　ああ。（巌の方から将棋盤を覗いて）こっちから覗けば、こっちが正義の味方たい。（吾一の方から将棋盤を覗いて）こっちから覗けば、こっちが正義の味方たい。正義は立場でころっと変わるとたい。
吾一　ほう、巌太郎さんの理屈は捌けとる。
巌　（将棋盤を睨んだまま）捌け過ぎて、わしの退職金は玩具《おもちゃ》の部品工場で使い果たしてしもたったい。
巌太郎　親父。

奥の台所から、急須と湯飲み茶碗のお盆を持ち、前掛けをしたトメが急ぎ足に入って来る。市街地の方からは、宣伝カーの「軍艦マーチ」が流れ「新労働組合の家族は我々が守るから安心してください」「おまえたちは総評に騙されている、ストをやめろ」とマイクの声とざわめき。

トメ　ほんに、大牟田は狼のごたる人間ばっかりうようよしとる。
律子　狼のごたる人間なら、ここにも一匹おるとたい。
吾一　ほう。
トメ　律子。（吾一の傍に湯飲み茶碗を置いて）はい、出涸しの粗茶ばってん。
吾一　出涸し。

トメ　はい。茶菓子もなしですみまっせん。

吾一　ああ。ストライキでこの家の大黒柱の巌次郎の給料はストップしとる。茶菓子のなかともしょんなかたい。

律子　あんた、会社側の殺し屋になっとるとやろが。

吾一　殺し屋。

律子　脱退勧告業者たい。あんた、組合員ば脅して脱退さする請負師やろが。脱退勧告業者は殺人請負業者たい。

トメ　律子。

吾一　へえ。この家にも第一組合の宣伝は行き届いとるとか。

巌　すみまっせん、おぼこ娘は恐れば知らんけん。

律子　うち、おぼこ娘じゃなか。

巌　えっ、おまえ、もうおぼこ娘じゃなかつか。

律子　えっ、おぼこ娘っちはどげな意味ね。

巌　……。（駒を動かして）おぼこはおぼこたい。

律子　はあ。

吾一　よかよか。おぼこ娘はおぼこの意味も知らんとたい。

巌太郎　吾一さん。

吾一　（駒を動かして）ん。

巌太郎　三井は、安保条約改正の年にあたる今年ば狙て、三池の職場闘争で秩序ば乱す業務阻害者の首切りの合理化案ば強行したとじゃなかとじゃろな。

吾一　さあ、運命の巡り合わせじゃろ。時の流れじゃろ。

トメ　ばってん、昨日の三川鉱の乱闘は惨過ぎるじゃろが。

吾一　惨かとが戦争たい。（駒を動かして）さっ、王手、飛車取りたい。

巌　あっ、ちょっと待った。

吾一　戦争に待ったはなかとばい。われに正義ありたい。

トメ　ばってん、あの乱闘ば、大牟田の普通の人は道路の端で見とったとばい。震えとったとばい。

吾一　震えとらんで審判すればよかったい。

トメ　根っこは同じ人間が、なして石や鉄の塊ばぶつけ合わなでけんとね。なして、血だらけで病院に担ぎ込まれる人間に、罵りの言葉ば浴びせなでけんとね。

吾一　ああ。三池労組の人間もオルグのピケ隊も新労組の人間も、鮮血にまみれて路上にぶっ倒れとった。新労組はピケラインば蹴破って、有刺鉄線の張り巡らされた三川鉱の正門ば押し破ったとじゃけん、たいしたもんたい。

トメ　県警の機動隊はなんばしよると。

吾一　さあ。

トメ　あんたも、黒田の純ちゃんも巌次郎も、あの原っぱで野球ばしよった同級生じゃろが。

吾一　（かまわず）巌おっつあん。

巌　はい。
吾一　王手ばってん。
巌　はい。
吾一　なあ、巌おっつぁん。
巌　はい。
吾一　巌次郎さえ、三池労組刷新同盟に加わればよかったたい。
トメ　巌次郎ば裏切り者にはさせん。
吾一　ばってん、第一組合員の焦りと動揺は激しか。
トメ　……。
吾一　日本最強ちいわれた三池労組も、厳しか状況に追い込まれとる。炭婦協のかあちゃんも、一万円生活には疲れきっとらす。
巌太郎　引き際が肝心か。
吾一　ああ、引き際が肝心たい。巌おっつぁん。
巌　はい。
吾一　王手ばってん。
巌　はい。
吾一　なあ、巌太郎さん。
巌太郎　なんか。

吾一　大牟田は三井の城下町じゃん。
律子　あんた、やっぱり殺し屋たい。
吾一　ばってん、勉強好きの律子ちゃんが、せっかくの高校ば中退することはなかじゃろが。
律子　えっ。
吾一　授業料の滞納は恥ずかしかろ。
律子　なして知っとると。
吾一　夏には、演劇部の全国大会の東京であるとじゃろが。
律子　うち、あの創作劇は好きじゃなか。

自転車に乗り、バットを持った上杉忠治が、腰に縛ったタイヤを引き摺りながら兎跳びをしている和彦を追い回している。

忠治　ようし、そのまま家まで兎跳びたい。
和彦　はい。ばってん、おじさん、ばさらか顔色の悪かやなかね。
忠治　うむ、そうか。（ポケットから手紙を出して）逃げた女房から、莫大な慰謝料の請求のあったとたい。くそっ、ノーアウト満塁のピンチたい。
和彦　へえ。なっ、おじさん。
忠治　ん。

和彦　あの宣伝カーの男、おじさんに手ば振りよったばってん、知っとる男じゃなかじゃろね。
忠治　ああ。中洲でごろつきばしよった男たい。わしに中洲の悪か女ごば紹介した男たい。
和彦　おじさん、もしかして野球賭博に関係あると。
忠治　あほたれ。おふくろさんには内緒じゃけんな。
和彦　ああ。振られたら困るやろけん。
吾一　さあっ、家に戻ったらピッチングたい。
和彦　えっ、いよいよピッチングか。

忠治のポケットから手紙が落ちる。忠治と和彦、去る。

吾一　ほう、あれが噂の上杉忠治か。無駄な足掻きばしよるたい。
律子　（下駄を履きながら）足掻きじゃなか、兎跳びたい。勝負は下駄ば履くまでわからんとやけん。

旋回しているセスナ機とヘリコプターの音……。
巌次郎が帰って来た。

トメ　あっ、また会社側の飛行機の旋回しよる。（箒で飛行機を撃つ真似をして）バンっ、バンっ、バンっ。

律子　あれは。会社側の飛行機じゃなか。新聞社とテレビ局のセスナ機とヘリコプターたい。
トメ　えっ。
律子　ほらっ、ちゃんと社旗とマークの書いてある。おかあちゃん。
トメ　なんね。
律子　マスコミまでば敵に回すことはなかろが。
トメ　はあ、新聞社とテレビ局の飛行機ね。
吾一　(立って) 新聞社もテレビ局も、報道の威信ば誇る社旗ばはためかせての取材合戦たい。大牟田市にはＮＨＫまでが現地取材本部ば置いとっとけん。
トメ　吾一ちゃん。
吾一　ん。
トメ　あんた、手柄ば焦った暴力団はろくなことにはならんとばい。
吾一　えっ。
トメ　手柄は親分の独り占め。失敗は子分の責任たい。
吾一　それは承知の渡世たい。また、今夜こっそり訪ねて来ますけん。そりまで将棋はお預けたい。
律子　(巌次郎とぶつかって) あっ。巌次郎兄ちゃん。
巌次郎　律子、おまえ「トルストイ」って知っとるか。
律子　「トルストイ」。
巌次郎　うん、ロシア文学たい。

律子　ロシア文学。
巌太郎　（庭下駄を突っ掛けながら）へえ、巌次郎はロシア文学ば読むごとなったとか。
巌次郎　貸本屋で借りて来て貰えんか。
律子　さあ、ロシア文学の貸本屋にあるとやろか。
吾一　あるかもしれん。貸本屋は不良の溜まり場じゃん。
巌次郎　吾一。
吾一　巌次郎。ロシア文学はよかばってん、「マルクス・レーニン」には被るるな。
巌次郎　えっ。
吾一　がんじがらめにさるるけん。
律子　ふんっ、偉そうに。知りもせんくせして。
吾一　知らんでも匂いでわかる。

鉢巻きをした瑞穂が、市街地の方から走って来る。

瑞穂　（吾一と巌次郎に気づいて）あっ。

瑞穂、屋台の陰に隠れる。

吾一　巌次郎。
巌次郎　なんか。
吾一　おまえ、おまえと縁談のある会社側の偉か人の娘の行方ば知っとるとか。
巌次郎　えっ。
吾一　今朝の始発の西鉄電車で、大牟田ば離れたったい。
巌次郎　大牟田ば離れた、あの人が。
吾一　ああ、東京に疎開したったい。あの家は、だいたいが中央の人やけん。
巌次郎　まさか。
吾一　女心はまさかまさかの積み重ねたい。諦めた女ごは潔か。東京でお見合い結婚ばするらしか。
トメ　あんた。
巌　黙っとれ。
巌次郎　あの人が、大牟田ば捨てたっか。
吾一　大牟田が捨てられたとたい。巌次郎、おっどんな、分相応で生きるしかなかとたい。
巌次郎　分相応。
巌太郎　(剪定鋏で植木の枝を切って)畜生っ。
吾一　まっ、同意書に署名捺印すれば一家離散もなかとけん。
律子　お兄ちゃん、東京まで追っかければよかやんね。
吾一　ふんっ、逃げた女ごは追っかくるだけ損するとたい。女心と煙草の煙は戻らんと。

巌太郎　きつかなあ。
トメ　巌次郎。
巌次郎　ん。
トメ　炭婦協にも、うたごえサークルにも、女ごはごろごろしとるとじゃけん。あの人ひとりが女ごじゃなか。
巌　トメ。
トメ　はい。
巌　果たして、そげな慰めで慰めになるっじゃろか。
巌次郎　よか。おりとあの人は不釣り合いやったっじゃろ。
吾一　そう。引き際が肝心たい。（屋台を叩いて）この屋台も引き際が肝心たい。不知火建設は露店商の元締めも始めたっちゃけん。
律子　お兄ちゃん、うち、ロシア文学ば探して来るけん。同意書にサインばしたらでけんばい。

律子、走り去る。

吾一　ふんっ。いつまでおぼこ娘でおらるるとじゃろか。
巌次郎　なんて。
吾一　あの気性は水商売にぴったりたい。

巌次郎　吾一。
吾一　巌おっつあん。
巌　はい。
吾一　さっさと署名捺印ばして、瑞穂ちゃんば会社の偉か人に嫁がせればよかったたい。瑞穂ちゃんは別嬪じゃけん、縁談も降って湧くごとあるとじゃろが。
瑞穂　……。
巌次郎　吾一。
吾一　おっと、おら、応援の仲間ば接待せなでけんとたい。そいじゃ。

吾一、市街地の方へ走り去る。
市街地の方から、宣伝カーの「軍艦マーチ」が流れ「新労働組合の家族は我々が守るから安心してください」「おまえたちは総評に騙されている、ストをやめろ」とマイクの声とざわめき。

瑞穂　巌次郎兄ちゃん。
巌次郎　おお、戻ったっか。
瑞穂　坑内の安全点検はどげんやったと。
巌次郎　さあ。
瑞穂　えっ。

巌次郎　坑口には有刺鉄線でバリケードの張ってある。立ち入り禁止たい。
瑞穂　そう。
巌　瑞穂、戻ったっか。
トメ　あんた、大牟田警察署前で抗議デモばしたとじゃろ。
瑞穂　うん。炭住街のおかみさんが不当逮捕ばされた抗議デモたい。
トメ　ばってん、街には狼のごたる人間のうようよしとろが。
瑞穂　（玄関に入りながら）うん。大牟田の街には不穏な空気の流れとる。暴力団の、組の旗ばはためかせてトラックやらバスやらでのさばり歩きよる。
トメ　抗議デモには、荒木さんの家の栄さんもおらしたとじゃろ。
瑞穂　うん。
トメ　「炭ほる仲間」の歌ば歌《うと》たっじゃろ。
瑞穂　うん。
トメ　「炭ほる仲間」の歌はよかもんなあ。（巌次郎へ）あんたも「炭ほる仲間」の歌は知っとろが。
巌次郎　（玄関に入りながら）知っとる。
巌　あの人、三井天領病院で胃潰瘍の手術ばさしたとじゃろが。
トメ　ああ、栄さんは胃の三分の一ば取り除いとらすと。なんね、あんた見舞いに行ったとじゃろが。
巌　隣人の誼たい。わしと栄さんのお父さんは炭掘る仲間じゃったけん。病室はうたごえサークルの人やら合唱隊の人やらでいっぱいじゃった。

トメ　栄さんは人気者やん。
巌　なあ。
トメ　なんね。
巌　なして、うたごえの男と女ごは、あげん馴々しかつやろか。
トメ　えっ、馴々しか。
巌　ああ、あけすけで馴々しか。わしは好きじゃなか。
トメ　あんた、男の嫉妬はみっともなかよ。
巌　わかっとる。
巌次郎　（茶の間に座って）瑞穂。
瑞穂　（茶の間に座って）はい。
巌次郎　荒木栄は、共産党の門ば叩いたっじゃろ。
瑞穂　えっ、ああ。
巌次郎　共産党の門ば叩いたこつは、親には隠し立てしとっとやろが。
瑞穂　栄さんは父親っ子やけん。言いそびれとるったい。
巌次郎　……。
瑞穂　ばってん、栄さんの歌のリズムはデモの足音のリズムやん。
巌　お父さんも薄々は感じとらすとたい。
巌次郎　隠し立てすることはなか。

瑞穂　えっ。
巌次郎　隠し立てすることはなかったい。
瑞穂　そう。
巌次郎　兄貴。
巌太郎　なんか。
巌次郎　あんた、今日も日がな一日退屈しとったっか。
巌太郎　ああ。
巌次郎　暇潰しに、三池権現山までメジロ落としに行ったとか。
巌太郎　ああ、よかメジロの掛かったったい。
巌次郎　暇潰しで、将棋の駒と将棋盤ば拵えたっか。
巌太郎　おら、手先は器用じゃん。
トメ　生き方は不器用じゃろもん。器用貧乏じゃろもん。
巌太郎　……。きつかなあ。
巌次郎　おふくろ。
トメ　はい。
巌次郎　座ってくれんな。家族会議ばしたかとけん。
トメ　家族会議。
巌次郎　家族の行く末ば会議するったい。

トメ　そげん他人行儀のごたるこつば。
巌次郎　いずれは他人行儀になるとが家族たい。
巌　おまえ。
巌太郎　いよいよ家族会議の始まるか。あの。
巌次郎　なんな。
巌太郎　おら。どこに座ればよかとじゃろか。
巌次郎　えっ。
巌太郎　おら、この家の居候の身分やけん。上座に座るわけにはいかんたい。
巌　どこにでも座れ。おまえの座ったとこが下座たい。
巌太郎　きつかなあ。

こざっぱりした身なりの静子が走って来る。
市街地の方からは、宣伝カーの「軍艦マーチ」が流れ「新労働組合の家族は我々が守るから安心してください」「おまえたちは総評に騙されている、ストをやめろ」とマイクの声とざわめき。
静子、落ちていた手紙を拾う。

静子　（封筒を読んで）荒尾市……。上杉忠治様。（裏を返して、読んで）大蔵富貴子。へえ、新東宝の女優からたい。あの人、未練ば引き摺っての一人旅たい。

静子、トランジスターラジオを捻る。スリー・キャッツの「黄色いサクランボ」が流れる……。

瑞穂　静子姉ちゃん。
静子　あっ、瑞穂ちゃん。戻っとったとね。
瑞穂　はい。（トメへ）静子姉ちゃんも、大牟田警察署前の抗議デモばさしたとよ。
トメ　へえ。
瑞穂　大牟田署の正面ば警護しとる機動隊員ば説き伏せて、とうとう警察署長に面会さしたとやけん。
トメ　へえ、警察署長に面会したと。
静子　はい。
トメ　それは、さぞや大牟田警察署長も閉口したろ。
静子　はい。喋るし泣くし拗ねるし怒るし、大牟田の警察署は大騒ぎたい。
瑞穂　静子姉ちゃんは筋金入りたい。
トメ　へえ。静子さんが女ごの武器ば駆使したと。
静子　はい、ささやかな女ごの武器ばってん。（トランジスターラジオを切って）ああ、頬まで真っ赤っかになってしもた。
巌　巌太郎。
巌太郎　なんな。

巌　わしらの居場所はなかごたる。
巌太郎　ああ。子供ばかろうた炭婦協のおかみさんのデモ隊は凄かけん。
巌　泣く子と地頭と女ごにはかなわんか。
トメ　あんた、すっかり若返って。
静子　はい。うち、なんとなく浮き浮きしとるじゃろ。
瑞穂　うん、なしてそげん浮き浮きしとるとね。
静子　あのな、うちの亭主の生き返ったったい。
瑞穂　えっ。
静子　路地裏で、和彦が本格的にピッチングば始めたったい。それが、あんた、うちの亭主の投球フォームにそっくりたい。
瑞穂　へえ。
静子　ずしんずしんち心に響く投球フォームたい。ああ、頬まで真っ赤かになってしもた。
瑞穂　ほんに、静子姉ちゃんは若返ったごたる。
静子　はい。炭婦協の応援隊になって若返りばしたとたい。
トメ　そう、人間、鉢巻ば固く締めると若返るとたい。なあ、静子さん、いざとなると徹底的にやるとが女ごたい。
静子　（玄関に入りながら）巌次郎ちゃんから、家族会議の審判ば頼まれたとたい。遠慮はせんけんね。勝手知ったる他人の家たい。

巌次郎　（お茶を啜っていたが）親父。
巌　ん。
巌次郎　四月には、律子の新学期の始まっじゃろが。
巌　うん。
巌次郎　おふくろ。
トメ　はい。
巌次郎　この家の生活は、大根とおからだけの生活になっとっじゃろが。
トメ　よか。うちは大根とおからは好いとるけん。
巌次郎　親戚付き合いもされん生活になっとるろが。
巌　うむ。
巌次郎　三池労組の分裂は、一万円生活の苦しさが原因たい。
トメ　……。
巌次郎　会社側は、商店街にも梃入れしとっとばい。大牟田では、三井資本が金融関係も握っとる。
商店街も資金繰りには困っとっとたい。
トメ　巌次郎。
巌次郎　生活するために団結するとが労働組合じゃろが。三池労組は、なんの保障もなしに全面無期限のストライキばしたつか。
巌太郎　そう。人間、意固地だけでは生きらるるもんでもなかっじゃけん。

巌次郎　炭労も、中労委に斡旋ば依頼したごたる。
巌太郎　ほう。今日は総評の最強部隊といわるる炭労の屈辱の日たい。
巌次郎　おら、三池労組刷新同盟に加わることば決めた。
静子　巌次郎ちゃん、あんた。
巌次郎　大牟田の炭住街は疲れ切っとる。ぎりぎりいっぱいで生きとる人間の悲鳴の聞こえる。
瑞穂　（おもちゃのピアノで「がんばろう」の旋律を叩いて）……。
トメ　巌次郎。
巌次郎　脅されたわけではなか。この家は親子三代の根っからの炭鉱マンたい。
瑞穂　（ピアノを叩きながら）お兄ちゃん。
巌次郎　すまん。ばってん、炭鉱ば滅ぼすわけにはいかんとたい。おら、大牟田ば離れとうなか。
巌　会社側から誘いのあったつか。
巌次郎　ああ、よか条件で誘いのあった。兄貴の就職の目途も付けた。あんた、三池工業高校の機械科ば卒業しとってよかったばい。
巌太郎　きつかなあ。
巌次郎　親父。
巌　ああ、おまえの好きにすればよか。
巌次郎　おふくろ、すまん。
トメ　あんた、うちの病院のこつば心配しよっとじゃろ。

巌次郎　すまん。

トメ　謝らなでけんとはこっちたい。うちの病気は、忘れたり忘れんじゃったりする、都合のよか病気やけん。

静子　ほんに、離るるとが人間かもしれん。今日の大牟田は、どこの家族にも、こげな別離《わかれ》の風景のあるとじゃろなあ。

巌太郎　ああ。

瑞穂　静子姉ちゃん。

静子　今日が、三池闘争の終焉の日かもしれんとたい。あっ、すっかりの夕暮れたい。なあ、瑞穂ちゃん。

瑞穂　はい。

静子　うちも大牟田は離れとうなか。ばってん、離れんばいかんとかもしれんとたい。

遠く、赤煉瓦の巨大な煙突の方から「炭ほる仲間」の合唱が流れる。赤煉瓦の巨大な煙突の方から、宣伝カーの「軍艦マーチ」が流れる。「共産党や、一部の幹部に騙されるな」「アカに騙されるな」の怒号とざわめき。「暴力団は介入するな」「分裂屋は帰れ」。「無謀なストは会社を潰す。会社あっての組合ではないか」「挑発にのらないでください」「会社は暴力団を使って、我々のピケを突破しようとしています。スクラムを固く、強く固めて。団結こそわれわれの命です」の声とざわめき。旋回しているセスナ機とヘリコプターの音が近づく……。

律子が飛び込んだ。

律子　大変、黒塗りの車とトラックの暴力団が、四山鉱正門のピケ隊ば襲いよる。

静子　えっ。

律子　暴力団は、樫の棒やら鶴嘴でピケ隊ば襲いよる。二百人はおるごたる。

静子　なんて。

静子、トランジスターラジオを捻る。「ニュース」が流れる。「組合旗」をはためかせて、血だらけの黒田純と、純を支えた下野健作が走り込んだ。

純　おったちゃ、スクラムば組んで労働歌ば歌うて挑発ば避けたとぞ。ばってん、暴力団の自動車隊はピケ隊に襲いかかったったい。

健作　不意ば突かれてピケ隊の列は乱れたったい。

純　ピケ隊の最前列におった組合員が、アイクチで刺されて昏倒した。

巌次郎　アイクチ。

純　ああっ。病院の、四山分院に運ばれた。四山鉱正門から四山分院に通じるコンクリートの坂道には鮮血の流れとる。

巌次郎　警察は、なんばしよっとか。

純　さっき、やっと機動隊の着いたったい。
巌次郎　おまえ、怪我しとっとか。
純　おら、たいしたことはなか。
健作　組合員は、暴力団ば正門前の丘に追い上げて、車ば叩き壊しよる。
巌次郎　健作、なんばしよる。
健作　えっ。
巌次郎　黒田ば家に担ぎ込め、手当てのいっじゃろが。
純　おまえ。
巌次郎　なんばしよるか。旗はこの家に立て掛ければよかろが。
純　おまえ。
巌次郎　ぐずぐずするな。
健作　あっ、はい。

健作、巌次郎の家に「組合旗」を立て掛けると、純を家へ運び込む。トランジスターラジオから「久保清さん刺殺事件」の「ニュース」が流れている。旋回しているセスナ機とヘリコプターの音、さらに近づく。

静子　（呆然と）殺された人は、うちの知っとる人よ。

吾一が、手製の短刀を抜いて「四山鉱」の方から飛び込んだ。

吾一　おら、おら、刺しとらん。刺したとは、おりじゃなか。

吾一、市街地の方へ走り去る。

巌次郎　どげんした、健作。なんば震えよる。瑞穂、黒田の手当てばしてやれ。

瑞穂　はい。

健作　（怯えて）おら、おら、怖《えす》か、怖かあ、おっそろしかあ。

健作、市街地の方へ走り去る。

静子　……。殺した人も、うちの知っとる人かもしれん。

「炭ほる仲間」のメロディーが流れている。満天の星の下、指揮をしているのは荒木栄である。林檎箱を机にして、手紙を書いている普段着の律子が浮かぶ。

律子　幸ちゃん。殺された久保清さんは、清潔好きの几帳面な性格の人でした。背が高く温和な感じの人でした。家が空襲で焼けて、おかあさんや妹二人と大牟田へやって来たのです。久保さんは坑内運搬工でした。幸ちゃん、戦後、食糧の特配に惹かれて炭鉱マンになった人はいっぱいおったやなかね。幸ちゃん、その夜、久保さんの遺体は社宅の六畳の間に安置されました。遺体に掛けられた布団は血で染まっていました。焼香が絶えませんでした。通夜に訪れた客が黙って置いていく香典の十円玉。仏壇に積まれた十円玉が、一万円生活の闘争の苦しさを物語っていました。幸ちゃん、怒りと悲しみが四山社宅を覆いました。

荒木栄が、指揮をストップさせた。静寂。荒木栄、ゆっくりと指揮をする。「がんばろう」のメロディーが流れ始める。

律子　幸ちゃん。大牟田は怒りと悲しみに激しく身悶えしています。憎悪は理屈を超えました。久保清さんの死は、炭労の斡旋案「炭労二一二号指令」ば吹き飛ばしたとです。幸ちゃん、人の群れは怒りと涙を堪えてスクラムを組みました。歌声は、遥か彼方から押し寄せる黒潮のように滾っていました。怒りは憤激となりました。幸ちゃん、その日、うちも人の群れの中にいました。うちも、群衆の中のひとつの顔になったのです。幸ちゃん、頑張ろう。

荒木栄が、激しく踊るように「がんばろう」の指揮をする。喚声と雄叫び。遠く、赤煉瓦の巨大な煙突の方からの歌声は「がんばろう」になっている。

律子 幸ちゃん。久保さんの死は、日本の歴史を塗り替えました。三池闘争の怒りと高揚は、東京の「安保反対国会デモ」を刺激したのです。五十万人もの人が国会議事堂を取り囲み、安保反対のデモとシュプレヒコールが渦巻きました。

屋台の林檎箱に、静子が一人佇んでいる。静子のトランジスターラジオから、昭和三十五年六月十五日の「国会デモ」の「ラジオ関東」の実況放送が流れている。

律子 六月十五日、夕刻。国会に全学連のデモ隊が突入、機動隊との激しい乱闘が繰り返されました。そして、東大文学部国史学科の学生、樺美智子さんが死亡しました。幸ちゃん、大牟田に樺美智子さんが虐殺されたニュースが伝わると、三池労組や三池炭鉱主婦会は久保さんの遺影と「樺美智子さんを返せ」の横断幕を掲げて、大牟田署に押し掛けました。一万人の人の群れは、ひとつの心になっていました。三池と安保は、久保さんと樺美智子さんの死で、全国闘争として燃え拡がり、ついに岸内閣を総辞職させたのです。でも、六月十九日午前零時、「新安保条約」は自然承認されました。

満天の星の下に、ユニフォーム姿の和彦と忠治が浮かぶ。ユニフォームの背番号は「1」である。遠く、ぽつんと「死ぬまで寝太郎」が夜空を仰いでいる。

律子　幸ちゃん、ビッグニュースのあるとよ。和彦が三池商業高校の野球部のエース投手になったとよ。幸ちゃん、控えの投手じゃった和彦がエースになって、甲子園の地区予選で連戦連投ばしよるとよ。あの根性なしの和彦がよ。幸ちゃん、人間はわからん。

遠く、赤煉瓦の巨大な煙突とコンクリートの石炭搬出施設（ホッパー）が篝火と赤旗で真っ赤に天を焦がしている。その風景は大牟田川に映っている。遠く、セスナ機とヘリコプターの旋回の音。夜空に、花火が打ち上げられている。

和彦　わあ。納涼ショーのごたる。
忠治　明日の夜は、七月七日の七夕たい。
和彦　おじさん。あの花火は南新開沖海戦の花火たい。三池闘争は、海戦にまで波及しとる。
忠治　うん。
和彦　おじさん。会社側は、本格的生産再開ばすっとに、南新開沖から資材と人員の搬入ば計りよっとぞ。
忠治　ああ。
和彦　会社側の行動隊員は海賊のごと覆面ばして、竹槍やら棍棒で武装して大牟田川岸壁から上陸ば開始しとっとぞ。
忠治　おまえには関係なか。おまえまでが脇見ばすることはなか。
和彦　おりも、大牟田の人間の一人やけん。
忠治　ほう。おまえもやっぱり親父の子か。
和彦　えっ。
忠治　親父の血が騒ぎよるとじゃろ。
和彦　おじさん。
忠治　よか。もう、黙っとれ。
和彦　おじさん、いよいよ三池工業高校と準決勝ぞ。すぐそこに甲子園ぞ。なっ、おじさん。
忠治　ああ。
和彦　おじさん。もちろん、またバックネット裏から指揮ばしてくるっとやろ。
忠治　ああ。逞しくなったなあ、和彦。
静子　……。
和彦　おじさんのおったけんたい。
忠治　えっ。
和彦　おら、おじさんとならなんでんでくっとたい。
忠治　おまえは、一人前の立派な男になったとたい。
和彦　えっ。

忠治　一人前になるということは、独りぼっちになることたい。一人旅ばすることたい。

静子　……。

和彦　おじさん。おじさんは、おりとおふくろば見捨てるつもりじゃなかつか。

忠治　……。

寝太郎　銀河系ば越えたら、アンドロメダ星雲のあるとたい。アンドロメダ星雲は直径百万光年の渦巻き星雲たい。（指で∞を書いて）アンドロメダ星雲の彼方には無限のあるとたい。ああ、流れ星。

荒木栄が、激しく踊るように「がんばろう」の指揮をしている。

律子　幸ちゃん。「史上最大のピケ」といわれた三川鉱の「ホッパー決戦」の幕が切って落とされたのは、岸内閣が崩壊をし、池田内閣が発足したばかりの七月十九日のことでした。「寛容と忍耐」。池田内閣は低姿勢でした。

第三場

昭和三十五（一九六〇）年七月十九日。昼前。初夏の福岡県大牟田市郊外。柏木家。快晴である。メジロの鳥籠が吊ってある縁側の隅に手製の将棋盤が置いてあり、巌が将棋盤を睨んでいる。廊下の机代わりの林檎箱では、律子が封筒に宛名を書いている。縁側には、荒木栄が座っている。原っぱの屋台の林檎箱には、鍋に釜に蝙蝠傘と所帯道具一式を背負った、「死ぬまで寝太郎」が座っている。

遠く、赤煉瓦の巨大な煙突の方からの歌声は「がんばろう」である。

律子　（手紙を持って、奥の座敷へ）お姉ちゃん、うち、郵便局で速達ば出して、その足で和彦の野球の応援ばして戻るけん。もう、プレイボールは始まっとっじゃろ。

奥から「ああ。うちも応援したかとばってん、なにやかやと忙しかけん」と瑞穂の声。

律子　姉は丁寧にお化粧しよるけん、忙しかとですよ。

巌　恋をした女のお化粧は丁寧になるもんたい。

律子　うち、お化粧はしとらん。

巌　えっ、おまえも恋ばしよっとか。

律子　しとらん。うち、和彦に恋なんかはしとらんとやけん。
巌　えっ、おまえ、和彦に恋ばしとっとか。
律子　しとらん。和彦がうちに恋ばしとるとたい。
巌　へえ。
律子　なんね。
巌　おぼこ娘が女ごの理屈ば捏ねるごつなったつか。
律子　（ごまかして）ああ、大牟田の夏は暑か。
巌　ばってん、おまえ、デモに参加して学校ば謹慎処分になったつやろが。
律子　うん。謹慎でも退学でもよかったい。うち、もう学校には興味なかとやけん。
栄　そう。だけど、律子ちゃんは勉強が好いとっとやなかと。
律子　はい。うち、社会勉強が好いとっと。

奥から「律子、あんまり街ばうろついたらいかんけんね。あんた、自宅謹慎の身分やけん」と瑞穂の声。

律子　わかっとる。なんね、身内の恥ば大声で。（下駄を覆きながら）ばってん、久保さんの事件から大牟田には狼のおらんごとなって、すっきりしたたい。
巌　ああ。吾一も、遥か関西までも逃げてしもた。
栄　ああ。「働かずの吾一」ですか。

巌　はい。わしとの将棋はお預けのままで、関西で殺されてしもたったい。
栄　えっ。
律子　関西の暴力団の抗争で殺されとっと。だらしなか、逃ぐる背中ば撃たれとっと。
巌　逃げ癖のついた男の人生は、一生逃ぐるだけの人生たい。
律子　なっ。
巌　なんな。
律子　和彦が甲子園に出場したら、契約金は懐にがっぽりやろ。
巌　えっ。
律子　うち、和彦と博多に新居ば構えないかんとやろか。
巌　博多に新居。

律子、下駄を突っ掛けて、原っぱへ走る。

律子　（「死ぬまで寝太郎」に気づいて）あんた、そこは暑かろが。
寝太郎　ああ、大牟田の夏は、太陽ば照り返すごたる眩しか夏たい。
律子　……。

律子、市街地の方へ走り去る。

巌　大牟田は、石炭輸送の貨物線の線路に取り囲まれとる街たい。風は身じろぎもせんとたい。
寝太郎　ああ、暑か。
巌　あんた、この土地ば離るるとな。
寝太郎　はい。わしは眩しか風景は好かん人間たい。
巌　うむ。
寝太郎　なあ。
巌　えっ。
寝太郎　長崎県の北松浦郡は、どっちの方角になるとじゃろか。
巌　ああ。長崎県の北松浦郡は、あっちの方角たい。
寝太郎　伝ば頼って、北松炭鉱の共同風呂の釜炊きに雇われたとたい。(立って) そいじゃ。
巌　あんた、北松浦郡まで歩くとな。
寝太郎　はい。線路ばてくてくと歩くとには馴れっこじゃけん。また、歩き詰めの山越えたい。
巌　はあ。
寝太郎　なあ。
巌　はい。
寝太郎　ホッパーっては、なんじゃろかい。
巌　大牟田の人間が、ホッパーも知らんとな。

寝太郎　わしは大牟田の人間ではなか。
巌　うむ。ホッパーちは石炭搬出施設のことたい。石炭積み込みの貯炭槽たい。
寝太郎　ああ、貯炭槽。
巌　なあ、寝太郎さん。
寝太郎　はい。
巌　頑張らんばたい。
寝太郎　わしが、頑張る。

「死ぬまで寝太郎」、とぼとぼと長崎県の北松浦郡の方へ去る。
奥の席敷から、ワンピースの瑞穂が急ぎ足に入って来る。

瑞穂　ああ、すっかりお待たせして、すみまっせん。
巌　今日も「三池を守る大集会」のうたごえのあっとか。
瑞穂　うん。総評は全県評に大動員ば掛けたったい。ホッパー前には、全国の労働者の、汽車やら電車やら貸し切りバスば連ねて集まりよる。一〇万人の大集会たい。
巌　一〇万人の大集会。ホッパーには、第二組合員の籠城ばしとるとやろが。
栄　はい。ピケ隊は赤錆びたレールば枕に仮寝たい。ホッパーの屋上には雀の囀りよる。嵐の前の静けさたい。

瑞穂　ねっ。
栄　えっ。
瑞穂　ポーランドの少女から、三池闘争ば支持する手紙の届いたとやろ。
栄　ああ。
瑞穂　やっぱり。手紙は励みになるとやろか。
栄　ああ、激励の手紙ほど励みになるもんはなか。「がんばろう」の歌も、筑豊の森田ヤエ子さんとの文通が切っ掛けになったたい。手紙はよか。
瑞穂　へえ。律子の手紙も、ちゃんと幸ちゃんに届いとればよかばってん。
栄　「がんばろう」の作詞も、うたごえ行動隊本部宛に届いたと。
瑞穂　えっ。
栄　大牟田は、プラタナスの淡い緑が透き徹る季節だった。
瑞穂　そう。
栄　森田さんの詩は、ぼくの心にあった森田さんのイメージとぴったり重なったとたい。
瑞穂　（歌って）もえあがる女のこぶしがある。
栄　森田さんの詩では「もえつくす女のこぶしがある」となっとった。
瑞穂　えっ、もえつくす女のこぶし。
栄　ああ。もえつくす女のこぶし。
瑞穂　うちも、燃え尽くす女の拳かもしれん。

栄　えっ。
巌　栄さん。
栄　はい。
巌　瑞穂は、黒田の純ば看病したったい。
栄　はあ。
巌　ひとつ屋根の下で看病したとが、いかんかったったい。
栄　ああ。
巌　お淑やかな性格ばしとる女ごほど、大胆不敵な行動ばとるとたい。
栄　はあ。傷痍軍人と従軍看護婦ですか。
巌　そう。栄さんは捌けとる。(立って) どれ、わしはトメに麦茶ば運ばないかんとたい。
栄　えっ。
巌　トメは、三井天領病院に入院ですたい。ああ、大牟田の夏は暑か。

巌、奥の台所へ去る。

栄　あの。
瑞穂　はい。
栄　巌次郎兄さんは。

瑞穂　はい。ホッパー前の団結小屋で寝泊まりのピケですたい。
栄　そう。巌太郎兄さんは。
瑞穂　さあ。手先の器用かとば見込まれて、博多人形の店の下請けに就職したとはよかばってん。不満たらたらたい。
栄　はあ。
瑞穂　あのメジロ籠も、兄が拵えたメジロ籠たい。
栄　ああ。
瑞穂　はい。
栄　なんか、疲れのどっとでたごたる。
瑞穂　えっ。
栄　（笑って）心地よか疲ればってん。
瑞穂　あの。
栄　えっ。
瑞穂　お身体の具合はいかがですか。
栄　ああ、ぼくは久留米医大の病院で診察たい。
瑞穂　久留米医大の病院。
栄　なにか、不吉な予感のするとですか。
瑞穂　えっ、いえ。

栄　際立った症状はなかったい。
瑞穂　栄さん。
栄　えっ。
瑞穂　うちの結婚式でも、「星よおまえは」ば歌ってもろたら嬉しかとばってん。
栄　ああ、もちろんたい。

鉄のヘルメットに、手拭いの覆面、編み上げ靴、肩から「ホッパー・パイプ」を吊り下げて「組合旗」を持った健作を引っ張って、頭に包帯をした黒田純が飛び込んだ。

純　ホッパーまで一気に走っぞ。健作、ぐずぐずすんな。
瑞穂　健作ちゃん。なんね、そん格好。
純　健作には逃げ癖のつきよるけん、ホッパースタイルばさせたったい。
瑞穂　ホッパースタイル。
純　ああっ、おっどんが考案したホッパースタイルたい。この「ホッパー・パイプ」は合法的な武器になっとやけん。（瑞穂の家の玄関を指して）健作、旗はここに立て掛けろ。
健作　黒田さんは、この家と赤の他人でなくなってから、俄然と張り切っとっとですよ。
純　三池闘争は、最大の攻防戦ば迎えようとしとっとぞ。瑞穂さん、水ばもらえんですか。
瑞穂　えっ。あっ、はい。

瑞穂、奥の台所へ走り去る。

遠く、赤煉瓦の巨大な煙突の方から「がんばろう」の歌声が流れている。

健作　ばってん、九州の警察は七月十一日の本部長会議で、大動員の方針ば決定したつやろが。警察官一万人の動員やろが。

栄　ああ。駐在勤めの警察官は、家族と水杯で大牟田に来とったとたい。

健作　へえ、哀れやねえ。

純　交番は空っぽで、九州の空き巣とスリは大喜びらしか。

健作　第一組合と第二組合の子供は、学校でも口はきかんらしか。

純　ああ、炭住街も雨戸は閉めっぱなしたい。炎天下にそそり立っとる高さ二十五メートルのホッパーが三池闘争の決戦場たい。

健作　ホッパーの仮処分執行ば巡る攻防は、もう三カ月にもなっとったい。

純　三池鉱から出荷される石炭も、三池の関連企業に配らるる石炭も、ホッパーからベルトコンベヤーで運搬さるっとたい。ホッパーは石炭ば配る中心施設やけん。

健作　わかっとる。

純　第二組合ば就労させて生産再開ば狙とる会社側にとって、ホッパーの確保なくして生産再開はなかとたい。

瑞穂が、コップに水を汲んで走って来る。後ろには、薬缶を持った巌がくっついている。

瑞穂　（コップを純に渡して）はい。
純　ああ、すまん。
瑞穂　傷は、もうよかつね。
純　よか。（水を一気に飲んで）ホッパー死守。この組合の至上命令に、会社側は真っ向から挑戦しとっとたい。
巌　ばってん、警察部隊は、催涙ガスや防毒マスクに、安保デモ鎮圧に出動した装甲車まで準備しとっとやろが。
純　ああ。おっどんも、塹壕掘りばしよっとたい。
巌　塹壕掘り。
栄　……。
純　会社側は、警察に頼めばピケは簡単に排除してくるるち甘う踏んどる。
巌　ほう。
純　警察は、まちっと法的手段ば尽くすべきではなかかち、会社側に釘ば刺しとる。
巌　ほう、池田内閣は三池闘争にも低姿勢たい。
純　会社側は、港務所全域のロックアウトと、ホッパー周辺の膨大な地域の立ち入り禁止仮処分と、ピケ小屋二十四棟の撤収の申請ば福岡地裁にしとっとぞ。会社側は大掛かりなホッパー奪取の攻撃ば仕掛けよる。

健作　第二次ロックアウトたい。

純　この申請ば、裁判所は七月七日に執行吏保管として認めたとぞ。

健作　七月七日には、南新開立坑海岸に、資材の搬入ば計った会社側の船団と、労組の海と陸のピケ隊がついに激突したったたい。

巌　ああ、ひどか雨じゃった。豪雨たい。

健作　ばってん、大牟田の普通の人は、堤防の淵に陣取って海戦ば待ち構えとったったっぞ。

巌　ふんっ、人のする戦争と選挙は面白かもんたい。

純　豪雨と警察の煙幕。ピケ船がぶっ放す花火の水平打ちの爆発音と立ち込める硝煙。新聞は「有明海戦」と書いたとじゃけん。

巌　有明海戦。

純　警官隊が両船団に発煙筒ば投げ込んで、やっと鎮圧されたったたい。

巌　事態は、刻々と最後の決戦の色ば濃くしよるとか。

純　ああっ、ホッパー攻防は緊張ば漲《みなぎ》らしとる。健作、ぐずぐずすんな。

健作　ほう、絶好調たい。

純、嫌がる健作を促して「三川鉱」の方へ走り去る。

巌　大牟田は無統制の市街戦になるとじゃなかな。
栄　えっ。
巌　ピケ隊と警官隊が激突すれば、大牟田は市民まで巻き込むゲリラ戦になるとじゃなかな。
栄　ゲリラ戦。
巌　まず、発電所爆破による大停電たい。暴動は夏の夜に起こるとたい。
栄　えっ。
巌　わしも、戦争に行った人間じゃけん。
栄　そげんことは、ぼくが許さん。

荒木栄、「三川鉱」の方へ走り去る。瑞穂も追い掛けようとする。

巌　瑞穂。
瑞穂　（振り向いて）なんね。
巌　今夜は家でじっとしとれ。よかな。
瑞穂　……。

瑞穂、「三川鉱」の方へ走り去る。

遠く、赤煉瓦の巨大な煙突の方から「がんばろう」の歌声が流れてくる。

巌　（将棋盤を覗いて）正義も立場でころっと変わるか。

白球を持ち、トランジスターラジオを肩に掛けた静子が走り込んだ。

静子　（興奮して）ああっ、ああっ。かっ、かっ、和彦が、和彦が、三池工業高校ば完封しました。

巌　完封。

静子　シャットアウトたい。（白球を空に放って）これっ、和彦のウイニングボールたい。

巌　ほう。ウインクボール。

静子　いま、ラジオで和彦のインタビューと試合の模様ば放送しよるけん。

静子、トランジスターラジオを捻ると、踊るように白球と戯れる。
トランジスターラジオからは、和彦のインタビューの声が流れている。「ぼくはナインを信頼して投げたとです。いつもナインの励ましがあったとです。この勝利はナインの勝利です。はい、明日の試合もナインば信じて力一杯投げるだけです」。

巌　偉そうに。調子よか。親父そっくりたい。

静子　ねっ、上杉さんば見掛けんじゃったね。
巌　いや。見掛けとらん。
静子　そう。

第四場

昭和三十五（一九六〇）年七月二十日。暁。福岡県大牟田市郊外。「柏木家」と「惣菜屋」の屋台がある原っぱ。

闇に、屋台に肩肘をつき、トランジスターラジオを聴いている静子が浮かぶ。

トランジスターラジオからは「三川鉱」の「ラジオ・ニュース」が流れている。満天の星である。

静子　……。

遠く、闇に赤煉瓦の巨大な煙突とコンクリートの石炭搬出施設（ホッパー）の風景が浮かぶ。その風景が大牟田川に映っている。

林檎箱を机にして手紙を書いている普段着の律子が浮かぶ。茶の間には、瑞穂が座っている。

律子　（手紙を読んで）去るも地獄、残るも地獄。昭和三十五年七月二十日、午前三時過ぎ。幸ちゃん、なぜ便りをしないの。なぜ黙っているの。うち、もう手紙ば書くとにも疲れたとよ。

ボストンバッグを持った上杉忠治が歩いて来る。

忠治　やっぱり、ここにおったとな。
静子　（笑って）興奮して眠られんとたい。
忠治　明日は、いよいよ決勝戦たい。まっ、いまの和彦なら間違いなか。
静子　あんたのおらんごとなったら、和彦は動揺するじゃろ。
忠治　人間、頼り癖ば付けたらいかんとたい。
静子　えっ。
忠治　わしは汚れとる人間たい。汚れとる人間に頼った人間も汚るるとたい。
静子　……。
忠治　和彦は、踏み止どまって一人で戦わんばいかんとたい。

瑞穂、赤いおもちゃのピアノを弾く。「星よおまえは」。

静子　あんた、また一人旅ね。
忠治　ああ、生まれてからずっと一人旅たい。
静子　あんた。
忠治　ん。
静子　あんたの人生、まだゲームセットじゃなかじゃろが。
忠治　さて、日没のゲームセットかもしれんとたい。

静子　どげんすっとね。
忠治　下関によかピッチャーのおるごたる。
静子　えっ。
忠治　（笑って）わしは流浪の民じゃけん。
静子　（手紙を渡して）これ。
忠治　えっ。
静子　逃げた女房に未練はなかとじゃなかったと。
忠治　破れ鍋に綴じ蓋たい。腐れ縁たい。
静子　そう。
忠治　あの。
静子　ん。
忠治　掃除と洗濯、嬉しかったばい。

遠く、花火の音。

静子　うちも、大牟田ば離るるつもりたい。
忠治　えっ。
静子　うちも、大牟田の人間じゃなかとじゃけん。

忠治　……。
静子　人間、引き際が肝心たい。（笑って）女ごは、どこででん商売はでくっとじゃけん。
忠治　ああ。

忠治。市街地のほうへ歩く。

静子　さよなら、オルグさん。
忠治　（立ち止まって）えっ。
静子　さよなら、うちと和彦のオルグさん。
忠治　……。

忠治、市街地の方へ歩き去る。

静子　（指で拳銃を作って、去って行った忠治を撃つ）パンっ、パンっ、パンっ。

遠く、花火の音。遠く、赤煉瓦の巨大な煙突の方から「炭ほる仲間」の合唱が流れる。赤煉瓦の巨大な煙突の方から「全員警備に付いてください、警官隊はそこまで来ています。早く準備を、早く準備を」とマイクの声。

静子　えっ。

静子。大牟田川の土手に駆け上がる。静子を、装甲車や機動隊のライトが浮かび上がらせる。

静子　あのライトは、装甲車のライトじゃなかね。

浴衣の巌太郎が「三川鉱」の方から走り込む。律子と瑞穂が庭へ駆け降りる。奥の台所から巌も飛び出した。

巌太郎　装甲車ぞ。警察は、装甲車ば先頭に八千人の武装した警官隊ば三百台を越す大型出動車に分乗させて、警察官ばホッパー現地に結集させよる。

律子　お兄ちゃん。

巌太郎　ホッパー前のピケ隊は超満員たい。ホッパー前広場は三池労組員と支援オルグの仲間が塹壕の前に座り込んで固めとる。

律子　お兄ちゃん、また傍観者ばしよるとね。

巌太郎　鉄道ば挟んで、二万人のピケ隊と八千人の警官隊の睨み合いばしよる。圧巻ぞ、生きたドキュメントぞ。

律子、瑞穂、巌、大牟田川の土手に駆け上がる。静寂。

「警察からピケの諸君に訴える」とマイクの声。「只今、執行吏から仮処分の執行を妨害している諸君を排除するよう要請がありました」とマイクの声。

静寂。

「誤った指導が、諸君を知らず知らずのうちに不幸な違法行為に導いているのを憂慮しております。警察としては、仮処分の執行が諸君の抵抗を受ける場合には、これを法に従って排除する措置を取らざるを得ません」とマイクの声。

棍棒を持った巌太郎が、家から飛び出した。

巌太郎　ピケ隊が仮処分の執行ば妨害したちいいよるばってん、執行吏はいつ仮処分執行に着手したつか。勝手に警察力ば頼んだっじゃなかつか。
瑞穂　お兄ちゃん。
巌太郎　おりも、大牟田の人間ざい。
律子　お兄ちゃん。

静寂。荒木栄が、指揮棒を持って立っている。

巌太郎　ああっ。装甲車と、警官ば満載しとる出動車の列のライトの大きくUターンしよる。

装甲車や機動隊のライトが浮かぶ。

律子　ああ。

「出動一時延期、そのままの態勢で宿舎で待機せよ」とマイクの声。

静子　装甲車と警察隊の大型出動車のUターンしよる。いま来た道ば逆戻りしよる。

瑞穂　勝った。

荒木栄、微笑むと胃を押さえながら指揮棒を振る。「がんばろう」の合唱が流れ始める。

律子　（遠くへ）幸ちゃん、劇的ともいえるこの流血の惨事の回避は、中労委が労使双方に異例の申し入れを行ったからでした。

Uターンする装甲車と大型出動車のライトの洪水。セスナ機とヘリコプターが旋回している。

荒木栄が、激しく踊るように「がんばろう」の指揮棒を振っている。

律子　（遠くへ）幸ちゃん。三池闘争は、九月の炭労、総評大会を経て終結へと動き始めました。中労委の最終斡旋案によって、闘いは収拾から終結への道をたどり始めました。全面無期限ストライキを宣言してから二八二日。三池の働く者のたどった道は、あまりにも険しい道でした。幸ちゃん、闘いは終わりました。一二〇〇名の組合活動家は首を切られました。幸ちゃん、三池労組がストを解除し、就労宣言したのは十一月一日でした。だけど、会社側の第一組合の活動家に対する差別待遇は激しく、これを巡ってもめました。そして、結局、就労が再開されたのは十二月に入ってからでした。

エピローグ

昭和三十五年十二月。宵闇。福岡県大牟田市郊外。柏木家。
巌太郎が、茶の間に掲げられている昭和天皇と皇后の写真を取り外している。卓袱台の前には、巌とトメが座っている。旅支度を整えた巌次郎と瑞穂と純が庭先にいる。縁側には、静子が座っている。原っぱの「惣菜屋」の屋台はない。

静子 そう、巌次郎ちゃんは埼玉県に就職の決まったとね。
巌次郎 はい。市役所の下請けのごたる仕事ばってん。
静子 純ちゃんは、長崎市の三菱造船所か。
瑞穂 はい。下請けですばってん。
純 西鉄電車と連絡船で離れ離れたい。
静子 トメおばさんは、三井天領病院に戻るとね。
巌太郎 面倒は、おりがきちんとみったい。
巌次郎 ばってん、和彦ちゃんは惜しかったたたい。
静子 はい、動揺して打たれたとですたい。一人で黙々とトレーニングばしよるけん、よかですたい。

律子が戻って来る。

律子　ただいま。
静子　あれっ、律子ちゃん、なんばしよると。
律子　（靴を脱ぎながら）学校に退学届けば出して来たと。うち、兄の紹介で博多人形の店で働くったい。
静子　うちも正月は熊本の亭主の実家ですたい。百姓の真似事ですたい。姑とうまくいけばよかばってん。
律子　（林檎箱の上の封筒を取って）ああっ、幸ちゃんから手紙の来とる。（封筒を読んで）埼玉県西川口。瑞穂姉ちゃん、幸ちゃんは東京に引っ越しとる。
瑞穂　……。さあ、連絡船の最終便の時間やけん。

巌次郎、瑞穂、純、家を離れようとする。巌太郎は、トメを背負って家を離れる。

巌　おいっ。

静寂。

巌　がんばろう。

静かに「がんばろう」が流れる。
満天の星である。

上演記録

●スタッフ

作・演出　岡部耕大
舞台美術　孫福剛久
音楽　羽柴昂
照明　西尾憲一
照明操作　飯塚雅夫
音響　杉澤守男
音響操作　佐藤慎二
振付　橘恵美
衣装　佐藤朋有子
衣裳協力　松竹衣裳
舞台監督　山田和彦
大道具　夢工房
小道具　高津映画装飾
宣伝美術　ハヤシユウコ
方言指導　中西和久
題字　岡部耕大
舞台写真　山本悟正
協力　森田ヤエ子
　荒木末広
　江崎アツ子
　㈱音楽センター
　㈶大牟田市石炭産業科学館

●キャスト

桜井静子　旺なつき
上杉忠治　伊東達広
柏木瑞穂　金沢映子
荒木栄　高橋広司
柏木巌　小池幸次
柏木トメ　溝口順子
柏木巌次郎　増山浩一
柏木律子　岡夏海
黒田純　紺野康文
下野健作　望月大助
桜井和彦　服部桂吾
働かずの吾一　丸尾聡
死ぬまで寝太郎　汐見直行
柏木巌太郎　中西和久

あとがき

人間、辿り着くべき場所へ辿り着くように生きているのかもしれない。それが『がんばろう―柏木家の人々―』を書いた実感である。もう、一九六〇年の「三池争議」や「安保闘争」は遥か彼方の歴史の一コマである。事実、ある劇作家志望のセミナーの講義で『がんばろう』を素材にしたが、六十余名の劇作家志望の大半は「三池争議」を知らなかった。興味も示さなかった。「こんな平和な日本なのに」「なぜ、わざわざこの題材を」といった質問が相次いだ。まして、労働作曲家の荒木栄を知っている人はいなかった。

　それはそれでいいのかもしれない。確かに、いまの日本で「三池争議」を語ることはアナクロなのかもしれない。しかし、初日終演後の「紀伊國屋ホール」ロビーの雰囲気は熱っぽかった。幕が降りても、しばらくは席を離れる人がいなかった。去り難しといった雰囲気があった。トイレに駆け込んだ評論家が涙を拭っている姿も目撃した。現代人は、笑うことは恥じないが涙を流すことは恥じる。初日乾杯の後も、若い観客があちこちに輪になってロビーを去ろうとはしなかった。「時代は変わっても、人間に流れるものは流れている」と強く感じた。一九九九年六月二日であった。

　初演の観客の中には「三池争議」の指導者の一人である元三池労組書記長灰原茂雄氏の姿もあった。氏は毎日のように観ておられた。丁寧な電話や手紙も頂戴した。「ありがとう、ありがとう」の言葉を張りのある声で繰り返された。今年の二月十日、会う約束を果たすために氏のお宅を訪ねた。氏は足立区の都営住宅に一人暮らしをされていた。部屋には難しい本が積み重ねてあり、仏壇があった。壁には奥様の遺影が飾ってあった。氏は微笑んで「戦友です」と呟かれた。その微笑みはひとつの思想を追求した哲学者の微笑みでもあった。「大牟田での公演にはぼくも行きます。全国から同志も集めます」と力強くおっしゃった。「同志」という言葉が懐かしかった。「同志」という言葉は映画の『鞍馬天狗』で知っていた。帰るぼくに、都営住宅の二階の廊下の塀から乗り出して、いつまでも手を振っておられた氏の姿が忘れられない。

ぼくはひとつの思想を追求した経験がない。だから、頑固に生きた人間には惹かれる。氏もその一人であった。三月十九日付の新聞で氏の訃報を知った。あの感慨は父を亡くした日の感慨に似ていた。『がんばろう』を書いていてよかった」とつくづく思った。

一九九八年十一月二十三日、すでに父はこの世を去っていた。松浦市役所に勤め、母に遠慮しつつも「赤旗」を読んでいる人物であった。課長止まりの人物であった。父が課長であった時代「三池争議」があった。ぼくは中学三年生であった。炭鉱街の同級生は全国へ散った。そして、ぼくは『がんばろう―柏木家の人々―』へ辿り着いたのである。

初演の初日からちょうど一年が過ぎた。この一年間の日本の動きは凄まじいものがある。悲惨な事件や常識を覆す出来事ばかりである。その原因のひとつは『がんばろう―柏木家の人々―』の時代であったといえるのではないか。あの時代の流行言葉に「挫折」という言葉があった。挫折は諦めになりやすい。

この戯曲が再演され、而立書房から出版されることに心より感謝いたします。もう少し、諦めずに戯曲を書いてみます。

二〇〇〇年六月二日

岡部耕大

岡部耕大（おかべこうだい）

1945年4月8日　長崎県松浦市生まれ。
1964年　佐賀県立伊万里高校卒。
1965年　東海大学文学部広報学科人学中退。
1970年　劇団「空間演技」設立。
1979年　「肥前松浦兄妹心中」で岸田戯曲賞受賞。
1989年　「亜世子」で紀伊國屋演劇賞個人賞受賞。
1990年　「岡部企画」設立。

がんばろう——柏木家の人々——

2000年7月25日　第1刷発行

定　価　本体1500円＋税
著　者　岡部耕大
発行者　宮永捷
発行所　有限会社而立書房
東京都千代田区猿楽町2丁目4番2号
電話 03（3291）5589／FAX 03（3292）8782
振替 00190－7－174567
印　刷　有限会社科学図書
製　本　大口製本印刷株式会社

落丁・乱丁本はおとりかえいたします。

ISBN4-88059-269-2 C0074
装幀・神田昇和